KB115298

공동전인 共同專人

설경구 新무협 판타지 소설

FANTASTIC ORIENTAL HEROES

공동전인 2

설경구 新무협 판타지 소설

초판 1쇄 찍은 날 § 2009년 3월 26일
초판 1쇄 펴낸 날 § 2009년 4월 6일

지은이 § 설경구
펴낸이 § 서경석

편집장 § 문혜영
편집책임 § 정서진
편집 § 서지현

펴낸곳 § 도서출판 청어람
등록번호 § 제1081-1-89호
등록일자 § 1999. 5. 31
어람번호 § 제2-1704호

주소 § 경기도 부천시 원미구 심곡2동 163-2 서경B/D 3F (우) 420-822
전화 § 032-656-4452 팩스 § 032-656-4453
http://www.chungeoram.com
E-mail § eoram99@chollian.net

ⓒ 설경구, 2009

ISBN 978-89-251-1743-0 04810
ISBN 978-89-251-1741-6 (세트)

※ 파본은 구입하신 서점에서 교환하여 드립니다.
※ 저자와 협의하여 인지를 붙이지 않습니다.
※ 이 책은 도서출판 청어람과 저작자의 계약에 의해 출판된 것이므로,
   무단 전재 및 유포 · 공유를 금합니다.

共 同 傳 人

공동전인

2

설경구 新무협 판타지 소설

FANTASTIC ORIENTAL HEROES

도서출판 청람

第一章
비기전수

共同
傳人
공동전인

쪼로록.

한 주전자에 무려 은자 네 냥이나 하는 비싼 용정차는 역시 뭐가 달라도 달랐다.

다향이 아주 그윽했다.

코를 벌름거리며 앞에 놓인 용정차에서 모락모락 올라오는 다향을 들이마시던 사무진은 울컥했다.

사람의 인생이란 정말 알 수가 없는 것이다.

불과 얼마 전까지만 해도 맨땅을 파고 있던 숟가락을 옷에 슥슥 문질러서 건더기라고는 찾아볼 수 없는 멀건 죽 한 그릇을 떠먹었는데.

송광효가 앉던 의자도 푹신한 것이 아주 좋았다.

그래서 참지 못하고 싱글거리고 있는 사무진의 앞으로 심 노인이 다가왔다.

그리고 심 노인은 이 그윽한 다향과 전혀 어울리지 않는 교양없는 이야기를 꺼내기 시작했다.

"교주님, 다 죽일까요?"

"누굴요?"

"표두와 표사들 말입니다."

"그 사람들을 왜 죽여요?"

"그냥요."

사무진은 놀라서 입에 머금고 있던 비싼 용정차를 내뿜을 뻔했다.

한두 명도 아니고 수십 명이나 되는 표두와 표사들을 눈도 깜박이지 않고 죽이자고 한다.

아무 이유도 없이 그냥.

"조용히 입막음만 시켜요."

"입막음이라니요?"

"우리가 마교의 인물이라는 것을 소문만 내지 못하게 하면 되잖아요. 하긴, 어차피 믿지도 않겠지만. 그보다 왜 멀쩡한 사람들을 자꾸 죽이려고 해요? 그 사람들도 처자식이 있는데."

"저는 교주님의 말씀을 이해할 수가 없습니다."

"나도 심 노인이 이해가 안 가거든요."

사무진과 심 노인의 시선이 부딪쳤다.

그리고 한 치의 물러섬도 없는 심 노인과 눈싸움을 하던 사무진이 한마디를 던졌다.

"눈 깔아요."

"그럴까요?"

"요즘 들어 눈빛이 너무 호전적인 것 아니에요?"

"죽을죄를 지었습니다."

역시 심 노인은 만만치 않은 노인이었다.

죽을죄를 지었다고 말은 하고 있지만 건성이었다.

게다가 요즘은 꾀가 늘어서인지 웬만해서는 이마를 바닥에 찧지도 않았다.

"교주님의 뜻이 정 그러시다면 그리하겠습니다."

"진즉에 그럴 것이지."

만족스런 표정으로 사무진이 용정차를 들어 올릴 때 심 노인이 눈을 번뜩였다.

"그 서류들은 모두 살피셨습니까?"

그리고 심 노인은 자신만의 방식으로 사무진을 괴롭히고 있었다.

탁자 위에 산더미처럼 쌓여 있는 서류.

지금 있는 것만으로도 머리가 지끈거릴 지경인데 심 노인은 또 어디서 구해왔는지 양팔 가득 서류를 끌어안고서 탁자 위에 내려놓았다.

와르르.

그 한 무더기의 서류를 다시 탁자 위에 내려놓는 심 노인의 얼굴에는 시간이 흐를수록 활기가 넘치고 있었다.

"회춘하나?"

"네? 뭐라고 하셨습니까?"

"아니, 별것 아니니까 신경 쓰지 말아요."

심 노인은 입만 살아 있는 것이 아니었다.

귀도 무척이나 밝았다.

뭐가 그렇게 좋은지 히죽 웃고 있는 심 노인의 모습을 묵묵히 바라보던 사무진이 가만히 이마를 짚은 채 고개를 절레절레 흔들 때였다.

"다 검토하셨습니까?"

"이걸 다요?"

"어제 말씀드리지 않았습니까? 모두 시급한 사안들이니 최대한 빨리 검토하시고 결정을 내려주셔야 한다고."

"그게… 늦잠을 자서 아직……."

대충 변명을 하며 피곤한 척 연기를 하는 사무진을 바라보는 심 노인의 눈빛이 더욱 날카롭게 변했다.

그리고 그 눈빛을 마주한 사무진이 마지못해 답했다.

"대충 봤어요."

"특별한 문제점은 없었습니까?"

"다 좋아요, 좋아. 그냥 이대로 해요."

물론 대충 봤다는 말이 완전히 거짓말은 아니었다.

이 많은 서류를 대체 어디서 구하는지는 몰라도 부지런히 가져다 나르는 심 노인의 성의를 봐서 억지로 서류를 들기는 했었다.

하지만 역시 체질에 맞지 않았다.

한 세 장 보다 보니 머리가 어질어질해지기 시작했다.

차라리 검마 노인과 재미없는 농담 따먹기나 하며 숟가락으로 땅을 파는 것이 낫겠다는 생각이 들 정도로.

뭐가 그리 좋은지 싱글벙글 웃으며 쉬지 않고 서류를 검토하고 있는 심 노인을 바라보던 사무진이 조심스레 한마디를 던졌다.

"저기……."

"말씀하시지요."

"너무 열심히 하는 것 같은데, 좀 쉬면서 해요."

"제 걱정은 조금도 하지 마십시오. 저는 지금 이 일을 할 수 있다는 것이 너무나 즐겁습니다. 다시 마교를 재건할 생각만 하면 힘이 불끈불끈 솟습니다. 마교 재건에 제 자그마한 힘이 보탬이 된다는 생각만 하면 그것으로 충분히 행복합니다."

그렇게 보였다.

처음 만났을 때, 병석에 누워서 다 죽어가던 심 노인과 지금 눈을 번뜩이며 서류를 검토하고 있는 심 노인이 같은 사람이라고 누가 믿을까?

하지만 말려야 했다.

그리고 그건 심 노인을 위해서가 아니라 사무진 자신을 위해서였다.

"그렇게 쉬지 않고 일하다가 심 노인이 과로로 쓰러지면 우리 마교는 큰 주춧돌을 잃게 되는 겁니다."

"교주님!"

"왜요?"

"설마 지금 교주님께서 제 걱정을 해주시는 겁니까?"

"그러니까… 굳이 설명하자면 심 노인 걱정보다는 내 걱정을 한 것이긴 한데……."

"교주님께서 저를 이리 깊이 생각해 주신다는 것을 알았으니 이제 이 노복은 죽어도 여한이 없습니다. 천마불사!"

쿵! 쿵! 쿵!

오랜만에 심 노인이 이마를 바닥에 찧었다.

그리고 서류를 정리하다 말고 감격에 겨운 표정으로 바닥에 이마를 찧고 있는 심 노인을 보고 사무진은 한숨을 내쉬었다.

'말리지 말까?'

그냥 저러다 과다 출혈로 쓰러지게 놔둘까 하는 달콤한 유혹이 찾아왔지만 그러기에는 사무진이 너무 착했다.

"피 나잖아요. 그만 일어나요."

"그럴까요?"

말이 떨어지기가 무섭게 냉큼 일어나는 심 노인을 보며 사무진이 입매를 실룩였다.

역시 조금 더 놔둘 걸 그랬다는 후회와 함께.

"그럼 우선 현판 작업부터 시작하겠습니다. '대천표국'이라는 현판을 내리고 '천년마교'라는 현판으로 교체하겠습니다."

"그렇게 해요."

"그리고 배첩을 돌려 전 강호에 저희 마교가 다시 활동을 시작……."

"잠… 잠깐만요!"

귀찮으니까 그저 알아서 하라는 듯 대충 손을 휘젓고 있던 사무진이 깜짝 놀라 눈을 부릅떴다.

가만히 듣다 보니 이상했다.

"왜 그러십니까?"

대체 뭐가 문제냐는 듯이 천천히 눈을 껌벅이고 있는 심 노인을 보니 더욱 황당했다.

이 영감, 혹시 치매가 온 것이 아닐까?

"마교의 현판을 다는 것으로 모자라 배첩까지 돌린다고요?"

"네!"

"그러다가 무림맹에서 쳐들어오면요?"

"감히 무림맹 따위가 마교에게 덤비다니요. 예전에는 꿈에서도 상상 못했던 일입니다."

"예전에는 어땠는지 몰라도 지금은 아니잖아요."

"만약 무림맹 놈들이 몰려온다 하더라도 무슨 걱정입니까?

그깟 놈들이야 금세 물리칠 수 있습니다."

절로 한숨이 새어 나왔다.

역시 위험한 노인이었다.

어쩌면 진짜 치매가 온 것인지도 모르고.

심 노인이 꺼낸 말을 심각하게 고민해 보던 사무진이 핵심이 담긴 질문을 던졌다.

"누가요?"

"교주님이 계시지 않습니까?"

게다가 입만 살아 있는 노인이었다.

자기는 손끝 하나 까닥할 생각도 없으면서 애꿎은 사무진을 틈만 나면 사지로 몰아넣으려 하고 있었다.

'교주 안 한다고 할걸.'

그때, 그렇게 경솔히 결정한 것을 후회했지만 이미 엎질러진 물이었다.

그리고 지금은 심 노인이 벌이려는 일부터 막아야 했다.

대천표국의 표사들과 무림맹 무인의 수준은 달빛과 반딧불의 차이였다.

강호에 대해서는 쥐의 눈물만큼밖에 모르는 사무진이라고 하더라도 그 정도는 알고 있었다.

"좀 쉬어요."

"현판을 교체하고 배첩을 돌리려면 쉴 틈이 없습니다."

"저기……."

"네, 교주님!"

"심 노인 말고요."

실내였지만 여전히 흑색 피풍의로 전신을 감싸고 있는 네 사내가 기척도 없이 모습을 드러냈다.

"이름이?"

"매화입니다."

"맞다, 매화. 이거야 원, 볼 때마다 헷갈려서."

네 사내 중 한 사내가 얼굴이 벌겋게 달아오른 채로 대답을 꺼내자 사무진이 명령을 내렸다.

"아무래도 우리 심 노인이 좀 피곤하신 것 같은데……."

"괜찮습니다."

심 노인이 대체 그게 무슨 소리냐며 손사래까지 치면서 전혀 피곤하지 않다고 부인했지만 사무진은 고개를 흔들었다.

"잠을 좀 자는 것이 좋을 것 같아."

그리고 사무진의 말이 떨어지기가 무섭게 매화라는 고운 이름을 가진 사내가 번개같이 움직였다.

수혈을 짚자마자 심 노인이 짚단처럼 뻣뻣하게 변해 바닥으로 쓰러졌다.

"이제야 좀 조용해졌네."

그제야 사무진이 만족한 표정을 지었다.

심 노인이 수혈을 짚인 채 깊은 잠에 빠졌으니 시간은 번 셈이었다.

이제부터 이 난관을 어떻게 해결할까를 고민할 시점이었다.

"몰래 도망이라도 갈까?"

어느새 코까지 골면서 깊이 잠들어 있는 심 노인을 앞에 둔 채 사무진은 장고에 빠졌다.

폐관 수련!

장고 끝에 사무진이 꺼내 든 결론은 폐관 수련이었다.

"그러니까 다른 일은 일절 하면 안 돼요."

"저는 교주님의 말씀을 도무지 이해하지 못하겠습니다."

수혈을 짚인 탓에 영문도 모르고 한숨 푹 자고 일어난 심 노인이 깨어나자마자 또다시 일에 대한 열정을 불태우려 했지만 사무진이 선수를 쳤다.

천년마교의 현판을 내거는 것과 마교가 다시 활동을 시작한다는 배첩을 돌리는 것만은 절대로 안 된다고.

물론 심 노인도 순순히 응하지 않았다.

그리고 하루라도 빨리 마교의 재건을 전 강호에 알리고 싶어하는 그의 급한 마음을 모를 리 없었지만 사무진은 단 한마디로 심 노인의 불만을 잠재웠다.

"마교 재건 안 하는 수가 있어요."

움찔.

예상대로 그 말이 끝나자마자 놀란 표정을 짓고 있는 심 노인에게 사무진은 한마디를 더 던져 결정타를 날렸다.

"교주로서 내리는 첫 번째 명령이에요."

쉽게 물러서지 않을 것 같던 심 노인이 순식간에 꼬리를 내렸다.

진즉에 이 방법을 쓸 걸 하는 후회가 들 정도로.

어쩔 수 없이 포기했지만 여전히 아쉬운 기색이 역력한 얼굴로 심 노인이 다시 질문을 던졌다.

"폐관 수련은 어디에서 하실 생각입니까?"

"내가 잘 아는 곳이 있어요."

"교주님께서 잘 아시는 곳이 있다고요? 혹시 어디 기루를 하나 통째로 빌려서 하실 생각은 아니시지요?"

이번에는 사무진이 움찔했다.

역시 나이는 헛먹은 것이 아니었다.

자신의 마음속을 모두 꿰뚫고 있는 것 같은 심 노인의 한마디를 듣고 움찔한 사무진이 표정 관리에 들어갔다.

"그럴 리가요."

"그럼 어딘데요?"

"비밀이에요. 수련을 마치고 돌아올 때까지는 아무에게도 말할 수 없어요."

"그럼 언제쯤 돌아오실 생각입니까?"

"일 년 후."

"겨우 일 년으로 되겠습니까?"

잠시 생각하다 대충 꺼낸 사무진의 대답을 듣고서 심 노인이 의아한 표정을 지었지만 사무진은 가볍게 웃으며 대답했다.

"난 희대의 살인마들도 인정한 천재니까."

그 말을 끝으로 사무진은 네 명의 호위무사를 이끌고 서둘러 마교의 임시 거처로 변신한 대천표국을 나섰다.

더 있다가는 심 노인의 잔소리가 끝도 없이 이어질 것만 같아서.

"미천한 노복은 교주님이 돌아오시기만을 기다리고 있겠습니다. 폐관 수련 동안 교주님의 무공에 큰 진전이 있기를 바라겠습니다. 천마불사!"

쿵! 쿵! 쿵!

심 노인의 이마가 애꿎은 바닥과 부딪치는 소리를 배웅 삼아 사무진은 자신의 무공 수련과는 전혀 상관없는 폐관 수련을 떠났다.

폐관 수련을 핑계 삼아서 밖으로 나왔지만 어디까지나 심노인이 가지고 오는 서류 더미에서 벗어나기 위한 핑계에 불과했다.

더 강해지고 싶은 생각 따위는 전혀 없었다.

지금으로도 차고 넘쳤다.

게다가 어떻게 해야 더 강해질 수 있는지도 몰랐고.

그렇지만 아예 아무것도 안 할 생각은 아니었다.

혈마옥에서 희대의 살인마들에게서 얻어맞아 가면서 익힌

것들을 호위무사들에게 전수해 줄 생각이었다.

그러나 쉽게 전수해 줄 생각은 없었다.

희대의 살인마들에게 받은 대로 고스란히 돌려줄 생각이었다.

"이름이?"

"매화… 입니다."

"아, 맞다. 매화!"

매화는 꽤나 아름다운 꽃이다.

그런 매화가 전혀 연상이 안 되는 힘상궂은 얼굴.

그래도 부끄러움 때문인지 꽤나 붉게 달아올라 있는 사내의 얼굴은 만개한 홍매화와 색깔은 비슷했다.

'참 못생겼네.'

흑색 피풍의 사이로 드러난 얼굴을 힐끗 바라보던 사무진이 오래 보고 싶지 않다는 듯 고개를 돌렸다.

"저는 난초입니다."

"난초? 맞다. 난초라고 그랬지?"

매화보다는 낫다고 생각해서일까?

조금 자신있게 대답하는 사내를 바라보던 사무진이 고개를 끄덕였다.

난초는 얼굴이 꽤나 잘생긴 편이었다.

흑색 피풍의로 얼굴을 가리고 다니는 것이 아까울 정도로.

'여자 좀 울렸겠네. 나도 눈썹만 다시 자라면…….'

여간해서는 자라지 않는 눈썹을 떠올리자 갑자기 우울해졌다.

그래서 재빨리 고개를 돌리자마자 사무진 못지않게 우울한 표정을 짓고 있는 사내가 보였다.

"국… 화입니다."

매화라 대답한 사내 못지않게 붉게 상기된 얼굴로 대답하는 사내를 보고 사무진도 마주 웃었다.

"국화. 이름만 예쁘네."

그 말이 끝나자마자 사내의 얼굴이 더욱 붉어졌지만 사무진은 이미 마지막으로 남은 사내에게 시선을 돌린 후였다.

"저는 대나무입니다."

"잘 어울리네."

마지막 사내.

다른 이들보다 머리 하나는 클 정도로 키가 큰 사내의 모습은 대나무라는 이름과 묘하게 어울렸다.

잊지 않겠다는 듯 눈에 힘을 주고서 사무진이 다시 한 번 살펴보았지만 여전히 구별하기 어려운 것은 마찬가지였다.

'어떻게 구별은 해야 할 텐데…….'

자신의 호위무사들인 만큼 앞으로 쭉 함께 지내야 할 이들이다.

그리고 볼 때마다 헷갈릴 수는 없기에 방법을 찾아야만 했다.

"피풍의를 벗는 것은 어때?"

"저희는 이게 익숙합니다."

"왜? 마교인이라서?"

"굳이 그런 것은 아니지만……."

"그게 바로 고정관념이라는 거야. 마교 놈들은 천하에 둘도 없을 만큼 나쁜 놈들이니까 검은색 피풍의를 입고서 최대한 얼굴을 가리고 다녀야 한다? 이런 생각이 일반인들이 마교를 더욱 어려워하고 무서워하는 이유가 된다니까."

사무진이 설교처럼 한바탕 늘어놓았지만 아무도 그 말에 동의하는 사람은 없었다.

그리고 별로 피풍의를 벗을 생각이 없는 듯 보이는 이들을 보던 사무진의 머릿속에 좋은 생각이 떠올랐다.

"그러면 되겠구나."

대체 무슨 묘안을 생각해 낸 걸까 하고 궁금한 표정을 짓고 있는 이들을 향해 사무진이 대답을 꺼냈다.

"그러니까 피풍의는 죽어도 안 벗겠다는 거잖아. 그렇다면 이 방법밖에 없지. 피풍의 위에 문양을 그려 넣는 거야."

"……."

"……."

조용한 반응을 알아듣지 못해서라고 판단한 사무진이 설명을 덧붙였다.

"매화, 난초, 국화, 대나무를 딱 그려 넣어두면 누가 누구인지 금방 알아볼 수 있지. 어때, 내 생각이?"

약속이나 한 듯 이번에도 아무런 반응이 없었다.

이제 될 대로 되란 식으로 서 있는 그들을 보고 사무진은 승낙의 의미로 깨닫고 흡족한 표정을 지었다.

"불만 없지?"

불만이 왜 없을까.

모두 멀쩡한 이름이 있었다.

그런데 외우기 어렵다고 갑자기 매화, 난초, 국화, 대나무라는 말도 안 되는 이름으로 바꿔 버리더니 이제는 피풍의에 문양까지 그려 넣으라고 하고 있는데.

좋아서 가만히 있는 것이 아니었다.

참고 있을 뿐이었다.

좋든 싫든 눈앞에 있는 사무진은 마교의 교주였으니까.

"그럼 그건 그렇게 하기로 하고, 수련은 뭐부터 할까?"

솟구치는 불만을 꾹꾹 눌러 참으며 똥 씹은 얼굴을 하고 있던 매난국죽 네 사내의 눈이 번뜩이기 시작했다.

삼십 년 전 마교가 몰락할 당시, 한 시대를 풍미했던 마교의 무공은 많이 손실될 수밖에 없었다. 언젠가 이런 일이 발생할지도 모른다고 생각했던 장로들이 마교의 무공 비급을 따로 보관해 두었던 선견지명 덕분에 마교의 무학이 모조리 절전되는 최악의 상황은 피했지만, 그래도 일부 중요한 무공의 절전은 어찌할 수 없는 것이었다.

더구나 마교의 무공 중에서는 비급만으로 익힐 수 없는 무공도 많았으니까.

그래서 매난국죽 네 사내가 익힌 무공에도 허점이 많았다.

늘 그것을 아쉬워하고 있었는데 어쩌면 그 허점들을 메울 수 있는 좋은 기회였다.

이미 유령신마의 독문 무공이자 절전되었던 천괴지둔공을 펼치는 것을 확인했기에 사무진을 바라보는 그들의 눈에는 단 한 점의 의심도 없었다.

그리고 기대에 가득 찬 그들을 향해 사무진이 고민 끝에 입을 열었다.

"기본은 어느 정도 잡혀 있는 것 같으니까 '숟가락으로 땅 파기' 같은 기초 과정은 살짝 뛰어넘고, '땅속에서 돌아다니기' 부터 하자."

천괴지둔공!

사무진은 '땅속에서 돌아다니기' 라는 교양없는 표현을 썼지만 매난국죽 네 사내는 이미 알고 있었다.

바로 유령신마의 독문 무공인 '천괴지둔공' 이라는 것을.

"천마불사!"

그래서 감격한 표정으로 천마불사를 외치는 그들은 아무도 눈치채지 못했다.

사무진의 얼굴에 떠올라 있는 의미심장한 웃음을.

그리고 혼잣말처럼 중얼거린 사무진의 이야기도 아무도 듣지 못했다.

"받은 대로 돌려주마!"

"생각보다 괜찮네!"

어제 늦은 밤까지 술을 퍼 마시고 느지막이 자리에서 일어나 기지개를 켜던 사무진이 눈을 반짝였다.

기척도 없이 다가와 있는 매난국죽 네 명의 호위무사.

그들이 입고 있는 흑색 피풍의의 왼쪽 가슴 부분에는 각기 다른 하나씩의 문양이 새겨져 있었다.

그래도 너무 드러나는 것만은 피하고 싶었던 것일까?

파란색 실을 사용하여 매화, 난초, 국화, 대나무를 새겨 넣은 것을 보고서 사무진은 만족했다.

"그럼 이제 갈까?"

영 어색한 듯 틈만 나면 손을 들어서 가슴 위에 새겨진 문양을 가리고 있던 매난국죽 네 사내가 일제히 고개를 들었다.

"수련할 장소로 이동하는 겁니까?"

"그래. 멀쩡한 객잔 방바닥을 뚫을 수는 없잖아?"

말을 마친 사무진이 주저없이 걸음을 옮기기 시작했다.

드디어 천괴지둔공을 배울 수 있다는 기대 때문일까?

행여나 놓칠세라 사무진의 뒤를 바싹 따라붙은 매난국죽 네 사내의 마음은 급했다.

경공이라는 것은 배운 적이 없으니 당연히 느릿느릿 움직이는 사무진의 걸음이 애가 타서 못 견딜 정도로. 꼬박 한 시진을 쉬지 않고 걸어온 사무진이 야트막하지만 인적이 없는 산등성이에 도착하고 나서야 걸음을 멈추었다.

"이쯤이면 되겠군."

사람이 없는 것을 확인할 요량인 듯 마지막으로 좌우를 살핀 사무진이 만족한 듯 고개를 끄덕였다.

"잘 들어."

꿀꺽.

누군가가 긴장을 참지 못하고 침을 삼키는 소리.

당연히 사무진이 천괴지둔공의 구결을 일러줄 것이라 기대하고 숨소리마저 죽이고 있던 매화국죽 네 사내의 눈에 사무진이 품속으로 손을 가져가는 것이 보였다.

그리고 사무진이 꺼낸 것은 어김없이 숟가락이었다.

하지만 누구의 눈에도 불만이 떠올라 있지는 않았다.

'천괴지둔공은 도구를 사용하는 무공인가?'

소유월이라는 멋들어진 이름 대신 매화라는 촌스러운 이름을 새로 얻은 사내가 뭔가를 눈치챈 듯 고개를 끄덕였다.

사방이 꽉 막힌 땅속에서 움직이는 것은 결코 쉬운 일이 아닐 터.

이동을 좀 더 용이하게 하기 위해서 일반적인 병기인 검이나 도가 아닌 숟가락이라는 특수한 도구를 사용하는 것이라는, 정말 말도 안 되는 추측을 하고 있던 매화는 순간 사무진과 눈이 부딪쳤다.

의미심장한 웃음.

사무진의 얼굴에 떠올라 있는 그 웃음을 마주하고 매화가 왠지 모르게 불안한 느낌을 받을 때였다.

덥석.

숟가락을 들고 있지 않은 사무진의 왼손이 거침없이 다가와 매화의 머리를 힘껏 움켜쥐었다.

"왜? 대체 왜 이러십니까?"

깜짝 놀라 눈이 화둥잔만 하게 커진 매화가 본능적으로 팔을 휘저으며 한 걸음 뒤로 물러날 때였다.

"가만있어."

속삭이는 듯 나긋나긋한 사무진의 음성이 매화의 귓가를 파고들었다.

그렇지만 그 나긋나긋한 음성을 들으며 매화는 온몸의 솜털이 모두 곤두선다는 느낌이 들 정도로 섬뜩한 느낌을 받았다.

마음 같아서는 당장에 사무진을 밀쳐 버리고 싶었다.

아니, 밀치는 것으로 모자라 단칼에 베어버리고 싶었다.

하지만 사무진은 마교의 교주.

죽으라면 죽는 시늉까지 해야 하는 것이 매화의 입장이었다.

이러지도 저러지도 못하고 가만히 선 채 죽을상을 쓰고 있는 매화의 눈에 뭔가가 다가오는 것이 보였다.

반질반질 윤이 나는 숟가락.

"숟가락은 왜……?"

말이 끝나기도 전에 왼쪽 눈썹 어림에서 쇠로 만든 숟가락의 차가운 감촉이 느껴졌다.

"조금 아플 거야."

거짓말이었다.

조금 아픈 것이 아니라 더럽게 아팠다.

박박.

정신을 차리기도 전에 이번에는 오른쪽 눈썹에서 고통이 전해졌다.

지금 대체 무슨 일이 벌어지는가도 파악하지 못하고 멍하니 당하고 있던 매화의 귓가로 다시 한 번 사무진의 목소리가 파고들었다.

"금방 끝날 거야."

그리고 이번에는 거짓말이 아니었다.

잠시 뒤 사무진의 손아귀에서 풀려난 매화의 눈에 안쓰러운 시선으로 자신을 바라보고 있는 동생들이 보였다.

그 시선을 느끼며 매화가 눈썹 쪽으로 손을 가져갔다.

만질만질했다.

까칠까칠한 눈썹이 있어야 할 자리에 아무것도 느껴지지 않았다.

그제야 매화는 자신이 무슨 일을 당했는지 깨달았다.

"대체 왜……."

"잘 모르나 보네."

"뭘 말입니까?"

자신도 모르게 감정이 격해져 큰 소리를 내고 있는 매화를 향해 사무진이 히죽 웃으면서 대답했다.

"요즘 이게 유행이야!"

또 거짓말이었다.

멀쩡한 눈썹을 만질만질하게 미는 것이 유행이라는 말은 태어나서 단 한 번도 들어본 적이 없었다.

처음에는 화가 났다.

그리고 그 감정은 곧 허무함으로 바뀌었다가 이내 지독한 서러움이 밀려들었다.

더구나 동생들이 보내고 있는 안쓰러워 죽겠다는 시선을 마주하자마자 갑자기 억울하다는 생각이 들었다.

그래서 더는 참지 못하고 물었다.

"왜 하필 저만?"

"아, 걱정하지 마. 제일 가까이에 있었던 것뿐이니까. 보자, 다음은 누가 할까?"

사무진의 시선이 닿자마자 일제히 움찔하는 것이 역력히 느껴졌다.

사형선고를 기다리는 사형수들처럼 표정이 굳어 있는 동생들을 바라보던 매화의 표정이 조금 밝아졌다.

울상으로 변했던 얼굴 한편에 희미한 미소도 스쳐 지나갔고.

상황이 이렇게 되고 나니 자신은 오히려 운이 좋은 편이었다.

전혀 영문도 모르고 당했으니까.

신음을 참느라 이를 악물고 차례차례 숟가락에 의해 눈썹이 밀리고 있는 동생들을 보던 매화는 신기한 것을 발견했다.

자신을 비롯해 동생들의 눈썹을 밀고 있는 도구는 날카로운 검이나 비수가 아니라 비교적 뭉툭한 숟가락이었다.

제대로 잘리지 않는 것이 당연할 터.

그래서 조금만 힘을 과하게 준다면 살갗이 벗겨지고 피가 날 수밖에 없는데도 불구하고, 어느 누구의 눈썹에서도 피는 보이지 않았다.

'놀라울 정도로 정교한 손놀림이다!'

감탄을 감추지 않고 멍하니 바라보던 매화의 눈에 마침내 모든 작업을 끝내고 뿌듯한 표정을 짓고서 다가오는 사무진이 보였다.

"맘에 들어?"

"……."

"……."

"유행이라니까."

"……."

"……."

슬픔에 잠긴 채 아무도 대답하지 않았지만 사무진은 전혀 상관없다는 듯이 웃으며 한마디를 더 던졌다.

"그래도 동질감은 생겼잖아."

이번에는 모두 묵묵히 고개를 끄덕였다.

눈썹이 사라지고 나자 묘한 동질감이 생기는 것은 사실이었다.

그리고 잠시나마 조금 친해졌다는 느낌이 든 순간, 사무진이 왠지 불길하게 느껴지는 웃음을 지었다.

"그럼 본격적으로 시작할까?"

말이 떨어지기가 무섭게 매난국죽 네 사내가 거의 동시에 땅속에 처박혔다.

"푸흡."

너무도 갑작스러웠다.

그래서 숨도 제대로 들이마시지 못하고 땅속에 처박혔다.

게다가 재수도 없었다.

하필이면 단단한 돌멩이가 있었던 듯 이마 어림이 찢어지며 통증이 밀려들었지만 손을 들어서 살필 여유조차 없었다.

땅속에서 운신하는 것은 어려웠다.

머리부터 시작해서 신형이 땅속으로 처박히자마자 빡빡하게 조인다는 느낌이 들었다.

이 상황에서는 손가락 하나를 움직이는 것조차도 쉽지 않았다.

그리고 그보다 더 큰 문제는 호흡이었다.

사무진에 의해 땅속에 처박힌 후 시간이 얼마 흐른 것 같지도 않은데 벌써 호흡이 모자라기 시작했다.

'이건 좀!'

너무 막무가내였다.

천둔지괴공을 익히기 위한 체계적인 단계가 있을 것이라 생각했다.

예를 들면, 구결이나 호흡법 같은.

하지만 지금 닥친 상황은 전혀 그렇지 않았다.

예고도 없이 일단 땅속으로 밀어 넣어버렸다.

결국 알아서 움직이고 또 살아남으라는 뜻이었다.

무식해도 이렇게 무식한 방법이 어디 있을까?

분통이 터진 매화가 소리를 지르려고 무심결에 입을 벌렸다가 금세 자신의 실수를 깨달았다.

기다렸다는 듯이 입속으로 해일처럼 밀려들어 오는 흙.

'움직여야 해!'

점점 호흡이 가빠오기 시작했다.

그리고 이대로 멍하니 처박혀 있다가는 정말 꼼짝없이 죽을지도 모르겠다는 위기감이 들자 매화의 마음이 다급해졌다.

하지만 마음만 급해졌을 뿐이다.

여전히 손가락 하나 제대로 움직여지지 않는 상황인데 땅속에서 빠져나가는 것이 가능할 리가 없었다.

호흡이 가빠지는 것으로 모자라 서서히 정신이 혼미해지기 시작했다.

'생매장!'

마지막 순간, 그의 머리로 생매장이라는 단어가 떠올랐지만 설마 그것은 아닐 거라고 자위했다.

교주님이 자신을 이렇게 땅속에 파묻은 채 숨이 막혀서 죽게 가만히 놔둘 것이라고는 믿지 않았다.

그러나 그것은 순진해도 너무나 순진한 매화의 생각일 뿐이었다.

매화는 아직 사무진을 몰라도 너무 몰랐다.

땅속에 파묻힌 매난국죽 네 사내가 치열한 사투 끝에 땅속에서 정신을 잃을 때 사무진은 한가로이 흘러가는 구름을 구경하다 깜박 잠이 들어버린 후였다.

"아, 미안. 햇볕이 너무 따뜻해서 또 잠이 들어버렸네."

어디서 구했는지는 몰랐다.

바가지가 기울어지면서 담겨 있던 얼음장처럼 차가운 물이 얼굴을 적시고 나서야 매화는 정신을 차렸다.

그리고 기절했다가 깨어난 매화는 굵은 눈곱을 붙인 채 머리를 긁적이며 사무진이 꺼내는 이야기를 듣고서 다시 눈을 감아버렸다.

무심해도 어떻게 저리 무심할 수 있을까?

원망스런 마음이 생기지 않을 수 없었다.

누구는 벌써 보름째 땅속에서 사투를 벌이고 있었는데 팔자 좋게 따뜻한 햇볕을 맞으면서 낮잠을 즐겼다니.

부들부들 떨고 있던 매화가 다시 눈을 떴다.

그래도 매화가 맏형이었다.

동생들의 상태를 확인하지 않을 수 없었다.

힘겹게 고개를 돌린 매화의 눈에 초운비라는 이름 대신 난초라 불리고 있는 둘째와 원적비라는 이름 대신 대나무라 불리고 있는 막내의 모습이 보였다.

두 동생의 상황도 자신과 크게 다르지 않았다.

물을 잔뜩 먹은 솜처럼 무기력한 모습으로 땅바닥에 널브러진 채 고개도 제대로 가누지 못하고 있었다.

꼼지락꼼지락.

그래도 손가락을 움직이는 것으로 보아 죽지는 않은 것 같아 안도하고 있던 매화의 눈빛이 흔들렸다.

'셋째는?'

강금산이라는 이름 대신 국화라는 이름으로 불리며 죽을 만큼 수치스러워하던 셋째의 모습이 보이지 않았다.

"퉤, 퉤."

그냥 이대로 다시 머리를 땅바닥에 대고서 곯아떨어져 버리고 싶을 정도로 지친 상태였지만 매화는 입 안을 가득 메우고 있는 흙을 뱉어내며 몸을 일으켰다.

셋째의 안위를 확인해야 했으니까.

"호오, 정신력이 대단한데?"

매화가 몸을 일으키자 사무진이 감탄한 듯 한마디를 던졌지만 매화는 조금도 기쁘지 않았다.

그런데 억지로 몸을 일으켜 살폈음에도 불구하고 셋째의 모습이 보이지 않았다.

"셋째는? 셋째는 보지 못하셨습니까?"

"셋째?"

"금산이, 아니, 국화 말입니다."

"아, 진즉 그렇게 얘기해야 알아듣지."

이제야 알아들었다는 듯 고개를 끄덕이던 사무진이 손가락을 들어서 매화가 앉아 있는 땅을 가리켰다.

그리고 매화의 안색이 창백해졌다.

생매장!

땅속을 가리키는 사무진의 손가락을 보자마자 생매장이라는 단어가 자연스레 머릿속에 다시 떠올랐다

그와 동시에 머릿속이 하얗게 변했다.

십 년이 훨씬 넘는 시간이었다.

철이 들기도 전에 만나 지금까지 함께했던 셋째가 이렇게 허망하게 죽었다는 생각을 하자 슬프다는 생각도 들지 않았다.

그냥 가슴이 콱 막혔다.

이대로 보낼 수는 없었다.

매화가 미친 사람처럼 맨손으로 땅을 파기 시작했다.

하지만 도구도 없이 맨손으로 땅을 파는데 제대로 파질 리가 없었다.

손톱이 부러지고 손끝이 갈라졌다.

그리고 그 갈라진 손끝에서 쓰라린 느낌과 함께 붉은 피가 배어 나오기 시작했지만 매화는 멈추지 않았다.

그제야 뭔가를 느낀 것일까?

축 늘어진 채 바닥에 드러누워 있던 두 동생도 한걸음에 달려와서 함께 땅을 파기 시작했다.

그나마 세 사람이 힘을 합하니 땅을 파는 속도가 조금 빨라졌다.

하지만 여전히 셋째의 모습은 보이지 않았다.

"뭐 해?"

그렇게 시간이 흘렀다.

꽤나 깊숙이 땅을 파헤쳤음에도 불구하고 여전히 보이지 않는 셋째의 모습으로 인해 매화와 난초, 그리고 대나무의 얼굴이 점점 굳어질 때, 느긋한 목소리가 들렸다.

"제게는 목숨처럼 소중한 동생입니다."

"형님!"

"비록 이미 죽었다고 하더라도 시체라도 찾아야 합니다. 제대로 된 무덤이라도 만들어줘야 하니……."

비장한 목소리로 소리치던 매화가 고개를 갸웃했다.

등 뒤에서 들리던 목소리가 당연히 사무진의 것이라 생각했는데 아니었다.

그래서 고개를 돌린 매화가 커다랗게 치켜뜬 눈을 껌벅였다.

그리고 맞은편에 머리만 내놓고 있는 셋째 역시 눈을 껌벅이고 있었다.

죽은 줄 알았던 셋째가.

반가웠다.

국화라는 이름과는 전혀 어울리지 않는 산적 못지않은 험상궂은 셋째의 얼굴이 이렇게 반가울 수가 없었다.

"너… 거기서 뭐 해?"

"땅속으로 돌아다니다 보니 배가 고파서."

화를 낼 생각도 하지 못했다. 땅 위로 머리만 내놓고 있는 국화를 향해 다가간 매화가 거칠게 그의 머리를 끌어안았다.

죽었던 부모님이 살아 돌아온 것처럼 반갑게.

그리고 사무진이 그 모습을 한심한 듯 바라보며 입을 열었다.

"그 긴 시간 동안 여기서 겨우 거기까지 간 거야? 참 멀리도 갔네."

피곤했다.

바닥에 머리만 대면 그대로 곯아떨어질 정도로.

그리고 추웠다.

늦가을의 삭풍, 그것도 산중에서 맞는 밤바람은 아무리 무공을 익힌 매난국죽이라 하더라도 견디기 힘들 정도였다.

결정적으로 배가 고팠다.

준비해 온 건량이 있었지만 이렇게 오랫동안 산중에 머물 것이라고는 전혀 예상하지 못했다.

이미 건량은 이틀 전에 바닥났고, 그 후로는 계속 굶은 상태였다.

하지만 사무진은 도통 내려갈 생각이 없었다.

물론 열정적으로 가르침을 주는 것은 분명 고마워할 일이었지만, 지쳐도 너무나 지친 상황이었다.

오죽했으면 입 안에 들어와 있는 흙을 뱉기가 귀찮아서 건량 대신으로 씹고 있을까.

"잠시만 쉬었다가 하는 것이 어떻습니까?"

구멍이란 구멍으로는 모두 밀려들어 와 있는 흙을 새끼손가락으로 파내며 매화가 넌지시 물었지만 사무진은 단호히 고개를 흔들었다.

"아직 배울 것이 많아."

"하지만……."

"폐관 수련의 기간은 일 년뿐이야. 그리고 내가 가르쳐 줄 것들은 일 년 만에 익히기 어려운 것들이야."

"……?"

"전부 삼 년 과정이니까."

사무진이 혈마옥을 벗어나는 데 걸린 시간이 삼 년.

그래서 삼 년 과정이라고 단호히 말한 사무진이 열흘 전과 비교할 수 없을 정도로 초췌하게 변한 매난국죽의 얼굴을 살피다 입을 열었다.

"배고프지?"

"조금."

"따라와."

주저하다 매화가 고개를 끄덕이자마자 사무진이 어디론가 걸음을 옮겼다.

그리고 그런 사무진을 보며 매화는 감격했다.

자신들이 땅속에 파묻힌 채 지독한 수련을 하는 동안 사무진이 객잔으로 내려가 음식을 준비해 왔다고 생각하면서.

하지만 매화의 기대는 잘못된 것이었다.

여전히 매화는 사무진을 몰라도 너무 몰랐다.

사무진이 매난국죽을 데리고 온 곳은 깎아지를 듯한 절벽의 앞이었다.

"앉아!"

매난국죽 네 사내가 절벽 앞에 일렬로 자리를 잡고 앉았다.

그리고 일제히 손을 앞으로 내밀었다.

여전히 사무진이 음식을 가져다줄 것이라는 헛된 기대를 품고서.

"'땅속에서 돌아다니기'는 아무리 가르쳐 봐도 국화 외에는 전혀 진전도 없고, 이제는 새로운 것을 배울 거야."

"새로운 것이라면 무엇입니까?"

"그게 이름이 좀 이상하긴 한데……."

잠시 주저하던 사무진이 히죽 웃으며 대답했다.

"절벽의 아픔을 이해하는 법!"

"뭐가 보여?"

"절벽이 보입니다."

매화의 대답에 틀렸다는 듯이 사무진이 고개를 흔들었다.

"다른 것은?"

"개미가 보입니다."

이번에는 난초가 대답했지만 사무진은 역시 고개를 흔들었다.

"이끼가 보입니다."

이어지는 국화의 대답.

그러나 이번에도 사무진은 고개를 흔들며 실망한 기색을 감추지 않았다.

독창성이라고는 찾아볼 수 없었다.

네 명이나 모여 있지만 그들이 꺼낸 대답은 사무진이 심마 노인 앞에서 꺼냈던 대답의 범주에서 조금도 벗어나지 못했다.

물론 그 뒤에도 몇 가지 대답이 더 나왔지만 여전히 사무진 의 마음을 전혀 흡족하게 만들지 못했다.

나방이니 지렁이니 거머리니 하는 것들뿐이었으니까.

"계속 봐."

"……?"

"……?"

"계속 보다 보면 다른 것이 보이기 시작할 테니까. 그리고 다른 것을 보기 전에는 계속 굶을 줄 알아."

단호한 한마디를 남긴 사무진은 매난국죽을 남겨두고 몇 걸음 뒤로 물러나 팔짱을 낀 채 감시하듯 주저앉았다.

그리고 그제야 절벽을 마주 보며 일렬로 앉아 있던 매난국죽이 자그마한 목소리로 토론을 하기 시작했다.

"대체 뭘 보라는 거지?"

"절벽의 아픔이라고 했습니다."

"누가 그걸 몰라? 그런데 그게 말이 되는 소리인가."

매화와 국화의 대화.

그들의 대화를 가만히 듣고 있던 대나무가 조심스레 입을 뗐다.

"가시 같은 것이 아닐까요?"

"가시?"

"산중 제왕이라고 불리는 호랑이도 앞발에 가시 같은 것이 박히면 아파서 제대로 움직이지 못하지 않습니까?"

"일리가 있군. 우선 가시 위주로 찾아보자고."

대체 뭐가 일리가 있다는 건지.

사무진이 자그마한 목소리로 오고 가는 그들의 대화를 듣다가 코웃음을 쳤다.

그리고 기척도 남기지 않고 자리를 벗어났다.

아무리 봐도 이들이 절벽의 아픔을 이해하는 데는 무척이나 오랜 시간이 필요할 것 같았으니까.

그렇게 조용히 사라졌다 돌아온 사무진의 오른손에는 토끼 한 마리가 들려 있었다.

모닥불을 피우고 잡아온 토끼를 굽기 시작했다.

사무진도 배가 고팠으니까.

그리고 가뜩이나 배고픔에 지친 매난국죽의 식욕을 더욱더 자극시키기 위해서.

노릇노릇하게 구워진 토끼 다리를 뜯으며 배고픔을 참지 못하고 코를 벌렁거리고 있는 매난국죽을 보다 보니 조금씩 이해가 가기 시작했다.

혈마옥 안에 있던 희대의 살인마들이 왜 그렇게 즐거워했는지를.

"멧돼지!"

"네?"

"봤어. 분명히 멧돼지를 봤어."

꼬박 사흘 밤낮이 지나는 동안 단 한마디 하지 않고 절벽만을 노려보고 있던 매화가 드디어 뭔가를 해냈다는 듯이 소리를 질렀다.

하지만 동생들의 얼굴에 기뻐하는 표정은 없었다.

오히려 안쓰럽다는 표정을 지었다.

드디어 헛것이 보이기 시작했다고 생각하며.

차라리 절벽 틈을 타고 기어 나온 백사나 절벽 틈 사이에 용케 뿌리를 내리고 자라고 있는 만년설삼을 봤다고 소리쳤다면 한 번쯤 진짜일까 하고 의심이라도 했을 텐데.

"눈 좀 붙이세요."

굳어버린 어깨를 슬쩍 어루만져 주며 국화가 꺼낸 말을 들으며 매화가 소매를 들어서 입가에 흐르고 있는 침을 스윽 닦았다.

무안했다.

배고픔에 지쳐서 헛것까지 보고 소리쳤으니.

동생들 앞에서 못 볼 것을 보여준 셈이었다.

그래서 매화가 슬그머니 고개를 숙이려고 할 때, 이번에는 난초가 이상한 소리를 꺼내기 시작했다.

"색깔이 달라요."

"응?"

"절벽의 색깔이 회색이 아니에요. 아까까지만 해도 회색이었는데 지금은 노란색으로 변했어요."

매화가 혀를 끌끌 찼다.

난초가 졸린 듯 게슴츠레하게 눈을 뜬 채 중얼거리는 것이 보였다.

여전히 어두운 밤이었다.

태양빛은커녕 달빛조차도 새어 들어오지 않는 칠흑 같은 어둠 속이었는데 갑자기 절벽이 노란색으로 변한다는 것은 말도 안 되는 소리였다.

자신만 정상이 아닌 것이 아니었다.

난초도 배고픔과 추위에 지쳐서 반쯤 정신이 나간 것이 틀림없었다.

"노란색만 있는 것이 아니에요. 저기는 붉은색이고 여기는 또 파란색이네요. 보이지 않으세요?"

확신 어린 목소리로 자신을 향해 질문을 던지는 난초의 어깨를 이번에는 매화가 살며시 어루만졌다.

"그래, 보인다."

"역시 형님도 보이시는군요."

"우리 잠시만 쉴까?"

사랑하는 동생인 난초를 정신 나간 사람 취급을 할 수는 없었다.

그래서 거짓말을 한 매화가 이제는 지친 기색이 완연한 동생들의 얼굴을 확인하고서 입을 열었다.

한계였다.

음식은커녕 물 한 모금 마시지 않고 더 이상 버티는 것은 분명히 무리였다.

이대로 더 버티다가는 모두 정신이 나간 채 굶어 죽을 수밖에는 없다는 판단이 서자 매화는 결심했다.

자신이 희생하기로.

"내가 가서 토끼라도 한 마리 잡아오마. 잠시만 기다려라."

"하지만⋯⋯."

토끼라는 말에 화색이 돌았지만 쉽게 환호하지 못하고 주저하는 동생들이 보였다.

그리고 그 이유를 잘 알고 있는 매화가 걱정하지 말라는 듯 입을 뗐다.

"어차피 이대로 더 버티다가는 죽을 수밖에 없다. 모든 일은 내가 책임지도록 하마."

비장하게 대답하는 매화를 보는 나머지 동생들의 눈에 감격한 빛이 떠올랐다.

"그럼 다녀오마."

사무진의 기척은 느껴지지 않았다.

하지만 이미 입신 무공이 신의 경지에 이른 것이 틀림없는 사무진인만큼 매화가 느끼지 못할 가능성이 더 컸다.

이런 상황에서 조심스레 움직이는 것이 무슨 의미가 있을까?

거침없이 움직이는 매화를 보는 나머지 동생들의 얼굴에 잔뜩 긴장한 기색이 떠올랐지만, 의외로 아무 일도 일어나지 않았다.

매화가 살이 토실토실 올라 있는 토끼를 한 마리 잡아와서 껍질까지 벗겨낸 다음까지도 사무진은 모습을 드러내지 않았다.

토끼를 잡아와서 껍질을 벗겨낼 때까지 사무진이 모습을 드러내지 않았지만 불안함은 가시지 않았다.

그래서 토끼를 굽기 위해 불도 피우지 못했다.

핏물이 뚝뚝 떨어지고 있는 토끼고기를 생으로 씹었다.

사무진이 객잔으로 돌아갔다는 사실은 꿈에도 모른 채.

하지만 모닥불을 피워서 굽지도 못하고 토끼고기를 생으로 씹고 있음에도 불구하고 이것만으로도 행복했다.

적어도 지독한 허기와 갈증은 면할 수 있었으니까.

흔적을 남기지 않기 위해서 남아 있는 뼈와 껍질을 바닥에 묻고 나서야 네 사내는 서로를 바라보며 쓴웃음을 지었다.

지난 시간, 늘 어깨에 무거운 짐을 지고 살아왔다.

마교 재건이라는.

그들은 늘 마교 재건을 위한 마지막 희망이라 불렸었다.

그리고 마교 재건을 위한 마지막 희망이라는 단어는 언제나 그들에게 커다란 부담을 안겨주었다.

그 부담을 떨치지 못하고 죽을힘을 다해 수련했다.

죽고 나면 간다는 지옥은 대체 어떤 곳일까라는 질문에 지금 우리가 있는 곳보다는 좋은 곳일 것이라는 농담까지 던졌을 정도로.

그 지옥을 헤쳐 왔던 그들인데…….

처음이었다.

수련 도중 기절을 한 것은.

그리고 아사 직전까지 간 것은.

살짝 굳기 시작하는 토끼 피가 묻어 있는 입가를 소매를 들어 스윽 닦아내며 매화가 입을 열었다.

"위험했어."

"죽음이라는 단어가 가까이 왔었지요."

"그래."

매화가 고개를 끄덕였다.

지독한 수련 방식이었다.

천괴지둔공을 익히는 것도, '절벽의 아픔을 이해하는 법'이라는, 이름도 생소한 무공을 익히는 것 역시 마찬가지였다.

구결도 없었고, 제대로 된 설명도 없었으니까.

완전히 지친 듯 가늘게 새어 나오고 있는 동생들의 숨소리를 들으며 매화가 다시 입을 열었다.

"같은 방식이었겠지?"

"네?"

"모르긴 해도 교주님도 우리와 같은 방식으로 수련했을 거야. 그리고 교주님은 우리보다 더 힘들었을 거야."

"……."

"……."

"우리는 네 명이서 함께하니 적어도 외롭지는 않잖아? 하지만 교주님은 혼자서 쓸쓸히 그 지독한 과정을 견뎌왔던 거지. 마침내 그 지독한 수련을 이겨냈던 것이고.”

불과 한 달!

단 한 달의 수련만으로 그들은 이미 한계에 달한 상황이었다.

아무리 크게 숨을 들이쉬고 땅속으로 들어간다 하더라도 호흡을 참는 것에는 한계가 있었다.

고작 반 다경도 참지 못했다.

아무리 참으려 노력해도 한계는 분명히 있었고, 늘 숨이 넘어가기 일보 직전에야 사무진의 손에 의해 구해졌다.

사무진의 설명으로는 죽음 직전에 들려온다는 새소리와 입속으로 들어오는 하얀색 빛덩이는 구경조차 하지 못했다.

“교주님이 하셨으니 우리도 할 수 있을 것이다.”

유실되었던 무공에 대한 아쉬움.

늘 갈구하던 새로운 무공을 익힐 기회를 쉽게 놓칠 수는 없었다.

“포기하지 말자!”

“최선을 다해보겠습니다.”

“죽을힘을 다하겠습니다.”

서서히 떠오르기 시작하는 태양을 보며 그들이 다시 각오를 다질 때, 따뜻한 이불을 덮고서 한숨 푹 자고 일어난 사무진은 객잔에서 곤경에 처해 있었다.

第二章
흑도이걸

荷蘸乳蒸煎棗湯細賜美福佑辇于旺
至大改元四月佛浴道音廣為傳符
日苐于趙孟頫敬書長屋前年

老君演此真妙經竟

共同
傳人
공동전인

덜컹덜컹.

관도를 달리는 마차가 흔들리자 가볍게 얼굴을 찌푸리던 유가연이 불만을 토해냈다.

"언니, 답답하지 않아요?"

"뭐가?"

"이 면사요."

"난 괜찮은데."

"앞도 잘 보이지 않고 뭘 먹기도 불편하고, 심지어 숨 쉬는 것조차 불편한데 어떻게 괜찮을 수가 있어요?"

"익숙해졌으니까."

면사를 젖히고 미리 준비해 둔 당과를 집어 입속에 밀어 넣고 있던 유가연이 입을 다물었다.

서옥령은 애써 태연한 척하며 대답했지만 눈치채지 못할 리가 없었다.

그녀가 꺼내는 대답은 왠지 모르게 처량함을 느끼게 만들었다.

그리고 유가연은 그녀의 마음을 조금은 알 것 같았다.

어린 시절부터 서옥령은 예뻤다.

그래서 모두의 주목, 특히 수많은 사내의 주목을 받았던 서옥령이었다.

밥을 먹을 때도, 그냥 걸어 다닐 때도, 심지어는 볼일을 볼 때도 사람들의 시선을 의식하며 살아왔을 것이다.

그리고 그렇게 사람들의 시선과 관심을 한 몸에 받는다는 것은 결코 유쾌한 것만은 아니었다.

세상에는 착한 사람만 있는 것이 아니었고, 그녀의 아름다운 외모를 보며 나쁜 생각을 품은 자들이 더 많았을 터이니까.

그런 만큼 아팠던 기억도 당연히 많았을 그녀이다.

안쓰러운 시선으로 서옥령을 바라보던 유가연이 가볍게 얼굴을 찡그렸다.

갑자기 기억이 났다.

오 년 전이었던가?

비록 하루뿐이었지만 오래간만에 나선 외출로 인해 들뜬

유가연이 이곳저곳을 돌아다닐 때였다.

처음 보는 예쁜 장신구에 정신이 팔려서 이것저것 만지던 도중, 갑작스레 다가온 누군가가 귓가에 대고 속삭였었다.

"왜, 돈이 없어? 아저씨가 사줄까?"

"……."

"다른 뜻은 없어. 그냥 네가 귀여워서 그러는 것이니까. 아저씨가 맛있는 것 사줄 테니 따라올래?"

워낙 갑작스런 일이고 처음 당해보는 일이었기에 멍하니 바라보다 손을 잡힌 채 끌려갈 뻔했다.

자신의 손을 잡은 채 기름기가 덕지덕지 붙어 있는 뱃살을 출렁이며 걸어가던 그 중년인의 끈적끈적한 눈빛은 아직도 기억 속에 남아 있었다.

물론 뒤늦게 나타난 아버지 덕택에 끈적끈적한 눈빛을 날리던 중년인은 다시는 남자 구실을 하지 못하게 되었지만.

"힘들죠?"

"아니. 아까도 얘기했듯이 이제는 익숙한데 뭐."

"그래도……."

"진짜 힘든 것이 뭔지 아니?"

"……?"

"우스운 이야기처럼 들리겠지만 외롭다는 것이야. 수많은 사람들이 나를 바라보고 관심을 가지고 있는 것처럼 보이지만 정말로 나에 대해서 제대로 알고 있는 사람이 얼마나 있을까? 그 사람들이 보는 것은 그저 나의 외모일 뿐, 내가 무슨 생각을 하며 어떤 사람인지는 전혀 관심이 없어."

나지막이 흘러나오는 서옥령의 이야기를 들으며 유가연이 고개를 끄덕였다.

어느 정도 이해가 갔다, 그녀의 마음이.

그리고 서옥령의 눈가에 씁쓸한 빛이 떠오르는 것도 보였다.

물론 그 모습조차도 아름다웠지만.

순식간에 무겁게 변한 마차 안의 분위기가 마음에 들지 않은 듯 유가연이 다시 한 번 당과를 집어 입에 넣고 오물거리며 창밖으로 시선을 돌렸다.

"와아!"

그리고 그런 유가연이 감탄성을 토해냈다.

서호!

뉘엿뉘엿 넘어가는 태양빛을 받은 거대한 호수가 잔물결을 일으키며 그 빛을 사방으로 토해내고 있었다.

역동적이면서도 왠지 모르게 여유롭다는 느낌을 주는 서호 위로 막 출항한 듯 보이는 자그마한 배들이 움직이고 있었다.

"언니, 저거 우리도 탈 수 있어요?"

"왜? 타고 싶어?"

"네. 이야기를 진짜 많이 들었거든요. 바람이 불 때마다 잔잔히 출렁이는 강물에 반사되는 달빛과 술 한잔을 벗 삼아 비파를 튕기고 아름다운 시를 읊는다고. 너무 낭만적이지 않아요?"

"그래. 대신 할 일을 모두 마치고 난 다음에."

"좋아요."

유가연이 조금 전의 어두운 분위기는 모두 잊고 환호를 질렀다.

그런 유가연의 천진난만한 모습을 보면서 서옥령도 희미한 미소를 지을 때, 마차가 객잔 앞에 멈추었다.

그리고 면사로 얼굴을 가린 서옥령과 유가연이 앞장서서 객잔에 들어서고 그 뒤를 서문유가 따라 들어갔다.

아직 저녁 식사를 하기에는 조금 이른 시간인 듯, 넓은 객잔의 내부에는 사람이 그리 많지 않았다.

비어 있는 탁자 중 하나를 차지하고 서옥령과 유가연, 그리고 서문유가 앉았다.

가벼운 식사를 주문하고 객잔 내부를 훑어보던 유가연이 뭔가 재미있는 것을 본 듯 웃음을 터뜨렸다.

"호호! 언니, 저 사람 좀 봐요."

"누구 말이야?"

"창가 쪽에 혼자 있는 사람 말이에요."

유가연의 손가락이 가리키는 방향으로 시선을 던진 서옥령도 곧 손으로 입을 가리며 웃음을 터뜨렸다.

"호호, 신기한 사람이네."

"그러게요. 남자가 바느질을 하고 있어요."

쉽게 볼 수 있는 광경은 결코 아니었다, 사내가 바느질을 하는 모습은.

꽤나 굵은 바늘 하나.

그 바늘을 오른손에 들고서 심각한 표정을 지은 채 뭔가 마음에 들지 않는 듯 고개를 갸웃거리는 사내는 꽤나 집중한 듯 보였다.

"생각보다 잘하네요."

"그러게."

"조금 웃기기는 하지만… 그런데 왜 사내 혼자서 객잔에 앉아서 궁상맞게 바느질을 하는지 한번 물어볼까요?"

마침 그때 음식이 나오지 않았다면 유가연은 정말로 그 사내에게 다가가서 물었을지도 몰랐다.

대체 이게 무슨 궁상이냐고.

"맛있게 드십시오."

점소이가 내려놓는 주문한 음식들을 보며 서옥령과 유가연이 거의 동시에 얼굴을 가리고 있던 면사를 벗었다.

객잔 안이 갑자기 환해지는 느낌.

그와 동시에 넓은 객잔 곳곳에 흩어져서 각자 음식을 먹고 있던 사람들의 시선이 일제히 서옥령과 유가연에게 쏠렸다.

아니, 좀 더 정확히 말하면 서옥령에게 쏠렸다.

"하여간 내가 예쁜 건 알아가지고. 흥."

그 시선이 싫지 않은 듯 유가연이 오른손을 들어 살짝 머리를 쓸어올릴 때, 서문유가 자리에서 벌떡 일어났다.

"갑자기 왜 그래요?"

그런 서문유를 의아하게 바라보며 다시 앉으라며 바짓단을 잡아끌었지만, 서문유는 선 채로 대답했다.

"살기가 느껴집니다."

서문유가 매서운 눈초리로 객잔을 훑었다.

그리고 그의 시선이 한곳에서 멈추었다.

창가 쪽 탁자에 자리를 잡고 있는 네 명의 사내가 서문유와 시선이 정면으로 마주치자 비릿한 웃음을 지으며 몸을 일으켰다.

그런 네 명의 사내가 조금도 지체하지 않고 서옥령과 유가연이 앉아 있는 탁자 쪽으로 다가왔다.

"멈춰라!"

서문유가 나직한 목소리로 입을 열었지만, 네 명의 사내는 다가오는 걸음을 멈추지 않았다.

오히려 비릿한 웃음을 지은 채 입을 열었다.

"재미가 무척 좋아 보이네?"

"예쁘장한 아가씨를 둘씩이나 끼고 다니다니, 부러운데? 네 아비가 졸부쯤 되는가 보지?"

"우리도 같이 좀 놀자고."

다가온 사내들이 협박이라도 하듯 서문유의 옆구리를 주

먹으로 툭툭 건드렸다.

"분명히 멈추라고 했다."

그들을 제지하는 대신 서문유가 다시 한 번 명령했다.

그리고 그 말을 듣자 그들의 얼굴에 떠올라 있던 비릿한 웃음이 짙어졌다.

"샌님같이 생긴 놈이 누구한테 명령이야?"

그들 중 가장 왼쪽에 서 있던 구레나룻을 기른 사내가 던진 말이 끝나기가 무섭게 나머지 사내들도 너털웃음을 터뜨렸다.

"계집애처럼 곱상하게 생겼는데?"

"피부도 고와 보이고 수염도 없는데, 진짜 여자 아냐?"

"어떻게 오늘 형님이 한번 귀여워해 줄까?"

거침없이 이어지는 사내들의 이야기를 듣고 난 후 화가 날 만도 했지만 서문유는 여전히 차분했다.

어깨를 건들거리며 걸어와서 시비를 걸고 있는 네 사내에게는 시선조차 주지 않고 다른 곳을 바라보고 있었다.

서문유의 시선이 향하고 있는 곳은 객잔의 가장 으슥한 구석이었다.

죽립을 깊숙이 눌러쓴 채 조용히 차를 마시고 있는 두 사내를 살피던 서문유의 두 눈에 긴장이 스치고 지나갔다.

조금 전 자신이 느꼈던 살기는 이들에게서 뿜어진 것이었다.

지금 말도 안 되는 소리를 지껄이면서 걸어오는 자들은 그저 뒷골목 건달들일 뿐이라는 것을 서문유도 모를 리 없었다.

"대답이 없는 것을 보니 좋은가 보지? 어라, 이 새끼. 얼굴 빨개지는 것을 보니 진짜 좋은가 본데? 이 형님이 특별히 신경을 써줄 테니까 넌 나를 따라오고 저기 두 년은 우리 형님들이랑 놀면 되겠네."

서문유가 다시 비아냥거리고 있는 네 사내에게로 고개를 돌렸다.

그들도 사내들.

서옥령을 향해 시선을 던지고 있는 두 눈이 욕정으로 인해 번들거리고 있는 것을 확인한 서문유가 감정이 실려 있지 않은 목소리로 대답했다.

"못생겼어."

"뭐야?"

"네놈의 얼굴이 조금만 잘생겼으면 한 번 생각해 보려고 그랬는데 넌 너무 못생겨서 싫어."

역시 변태다운 서문유의 대답.

"언니 맞죠?"

"뭐가?"

"전에 내가 그랬잖아요. 서문 소협이 남색을 즐기는 변태라는 소문이 있다고. 그냥 소문이 아니었어."

그새를 참지 못하고 유가연이 서옥령과 귓속말을 주고받았지만 서문유는 아무것도 듣지 못한 듯 표정의 변화가 없었다.

대신 서문유가 꺼낸 대답의 의미를 제대로 파악하지 못해 잠시 멍한 표정을 짓던 사내들의 얼굴에 노기가 떠올랐다.

"이 샌님같이 생긴 새끼가! 조금 귀여워해 주려고 했더니 겁대가리를 상실한 놈이잖아? 우리가 누군지 알아?"

"몰라."

"그래, 그러니까 네놈이 겁대가리없이 그딴 소리를 지껄였 겠지. 듣고 나서 놀라 기절하지나 마라. 우리가 바로 그 유명 한 항주사호다."

정체를 밝힌 사내의 바람처럼 서문유는 놀라서 기절하지 않았다.

대신 눈도 깜짝하지 않은 채 한마디를 던졌다.

"가라!"

"뭐야?"

"죽기 전에 얼른 사라져라. 지금 여기는 너희 같은 놈들이 뛰어놀 만큼 아늑한 곳이 아니다."

차가운 서문유의 대답을 들은 항주사호의 얼굴이 잔뜩 찡 그려졌다.

"이 새끼가 좀 맞아야 정신을 차리겠구나!"

그리고 더는 참지 못한다는 듯 서문유를 향해 일제히 달려 들었다.

그러나 항주의 뒷골목에서 겨우 명함을 내밀고 다니는 그 들의 알량한 실력이 서문유에게 통할 리가 없었다.

허리에 걸려 있는 검을 뽑아 들 생각도 않고 서문유가 신형을 움직였다.

가장 먼저 어깨를 노리고 떨어지던 쇠몽둥이를 어깨를 슬쩍 흔들며 가볍게 피해낸 서문유가 달려들던 기세 그대로 오른손을 들어 목덜미를 후려쳤다.

"커흑!"

숨이 넘어가는 소리와 함께 구레나룻 사내가 쓰러질 때, 서문유가 몸을 낮추어 바닥을 쓸 듯이 다리를 휘둘렀다.

예상외의 공격.

게다가 번개처럼 빠르게 이어진 그 공격을 뒷골목 건달에 불과한 자들이 피할 수 있을 리가 없었다.

세 사내가 동시에 중심을 잃고서 바닥에 쓰러질 때, 서문유의 손이 번개같이 움직여 그들의 혈도를 모조리 제압했다.

순식간에 정리된 장내.

그러나 아직 끝이 아니었다.

호흡조차 흐트러지지 않은 서문유의 차가운 시선은 객잔 한구석에 조용히 앉아 있던 죽립인들에게로 다시 향했다.

그리고 그 시선을 느꼈을까?

느긋하게 차를 마시던 두 명의 죽립인이 천천히 몸을 일으켰다.

아무런 말도 없이 서문유를 향해 다가온 두 명의 죽립인은 일 장 앞까지 다가와서야 걸음을 멈추었다.

"정체를 밝혀라!"

서문유가 차가운 목소리로 외쳤지만 대답은 돌아오지 않았다.

그리고 어차피 서문유도 대답을 기대하지 않고 던진 질문이었다.

죽립을 썼다는 것은 정체를 감추고 싶다는 뜻이었으니까.

'검수! 그것도 쾌검을 쓰는 자들!'

허리에 걸려 있는 검병에 닿아 있는 죽립인들의 오른손을 보며 서문유가 이마를 찌푸리며 검병으로 손을 가져갔다.

서문유의 검 역시 쾌검.

그렇다면 승부는 순식간에 날 것이 틀림없다. 때문에 방심은 금물이었다.

그리고 그것을 저 죽립인들도 모를 리가 없었다.

일 장 앞까지는 거침없이 다가왔지만 그 후 움직이지 않고 검병에 손을 얹어놓은 것을 보고서 확신했다.

저들도 기다리고 있다는 것을.

승부는 단 한순간.

먼저 허점을 드러내는 자가 지는 것이었다.

대치하고 있는 서문유와 죽립인들도 이미 그 사실을 알고 있어서인지 더 이상 아무런 말도 꺼내지 않았다.

'고수들이다!'

조용한 적막 속에서 이어지는 팽팽한 대치.

긴장한 서문유의 이마에 식은땀이 송골송골 맺히기 시작

했다.

일대일의 대결이라면 어느 정도 자신이 있었다.

그렇지만 지금 상대해야 할 죽립인은 두 명이었다.

자신의 쾌검으로 한 명의 죽립인은 어떻게 처리할 수 있다 하더라도 남은 한 명의 죽립인이 그사이 뻗어낼 쾌검까지 피해낼 자신은 없었다.

서문유의 눈에 초조함이 깃들었다.

쉽게 답을 찾을 수 없는 상황.

그렇다고 해서 마냥 기다릴 수도 없었다.

시간이 흐르면 흐를수록 불리해지는 것은 서문유였다.

죽립인들은 서문유 혼자에게만 신경을 쓰면 됐지만 서문유는 두 명의 죽립인 모두에게 신경을 써야 했다.

당연히 심력의 소모도 더 심할 터.

'승부를 낸다!'

먼저 허점을 드러낼 때까지 마냥 기다릴 수 없다는 판단이 들자, 서문유는 마침내 결심을 굳혔다.

팔 하나 정도는 내줄 각오를 하며 서문유는 내력을 극성으로 끌어올렸다.

그리고 마침내 서문유가 검을 떨치려는 찰나, 짜증 섞인 하나의 목소리가 아까부터 이어져 오던 적막을 깨뜨리며 흘러나왔다.

"아이참, 찔린 데 또 찔렸잖아!"

한땀 한땀 성심을 다해 실이 매달린 바늘을 움직였지만 이놈의 바늘은 사무진의 생각처럼 움직이지 않았다.

잠깐 딴생각을 한 사이에 날카로운 바늘은 어느새 엄지손가락을 깊숙이 찌르고 들어오고 있었다.

짜릿한 통증.

하필이면 조금 전에 찔렸던 곳을 다시 찔려서 더 아팠다.

바늘이 찌르고 들어간 엄지손가락에 붉은 피가 맺히는 것을 보자 갑자기 짜증이 솟구쳐 올랐다.

"더럽게 아프네!"

그렇지만 짜증을 풀 만한 곳이 마땅히 없었다.

벌떡 일어나서 소리를 한 번 지른 사무진은 조용히 자리에 다시 앉아 가만히 한숨을 내쉬었다.

꿈에도 몰랐다.

자신이 바느질을 하게 될 줄은.

그리고 바느질이 이렇게 어려운 줄은 더더욱 몰랐다.

"마교 재건을 위해서는 참아야지."

치밀어 오르는 짜증을 간신히 참아 눌렀다.

그런 사무진의 머릿속에 자신의 호위무사들인 매난국죽이 떠올랐다.

그들은 지금도 추위와 배고픔을 참으면서 절벽만 노려보고 있을 터였다.

그다지 진전이 빠르지는 않았지만, 어떻게든 익히려고 하는 그들의 열정 하나만큼은 가상했다.

그래서 게으름을 피울 수 없었다.

이제 얼마 지나지 않아 다음 수련으로 넘어갈 시기.

다음 수련은 독마 노인이 가르쳐 준 '독 묻은 손톱 날리기'였다.

그리고 그것을 전수하기 위해서는 어쩔 수 없었다.

고생스럽더라도 바느질을 배워야 했다.

멀쩡한 네 사내를 불구로 만들 정도로 사무진이 독하지는 않았으니까.

욱하는 성질을 참지 못하고 바닥에 내팽개쳤던 바늘과 헝겊을 다시 들어 올리고, 다시 바느질 삼매경에 빠지려고 하던 사무진이 고개를 갸웃했다.

아까와 달리 객잔 안이 지나칠 정도로 조용했다.

그리고 분위기가 이상했다.

그래서 고개를 들자마자 자신을 향해 쏠려 있는 시선들이 느껴졌다.

"아, 쪽팔려!"

순식간에 상황이 파악되었다.

사지육신 멀쩡한 젊은 사내가 객잔 구석에 혼자 쭈그리고 앉아서 바느질을 하는 광경은 분명히 흔히 볼 수 있는 것은 아니었다.

당연히 재미있는 구경거리라고 생각했을 터이다.

그래서 자신에게 쏠려 있는 수많은 시선을 확인하고 나자 부끄러움으로 인해 금세 얼굴이 붉게 달아올랐다.

"이게 그러니까… 그냥 취미 생활로 하는 것이 아니라 나중에 손가락을 자르고 난 다음에 다시 꿰매야 해서 연습 삼아 하는 것인데……."

변명이라도 할 요량으로 말을 꺼내다 보니 더 이상했다.

"에, 저는 신경 쓰지 말고 하던 식사들 하세요."

한숨이 새어 나왔다.

그래서 눈치를 살피며 바보 같은 웃음을 짓고 있던 사무진은 또다시 이상함을 느꼈다.

마치 싸울 태세로 서로를 노려보고 있는 세 명의 사내도 보였고, 이미 바닥에 쓰러져 있는 네 사내도 보였다.

'싸움 났었네.'

사무진이 조용히 손에 들고 있던 바늘과 헝겊을 내려놓았다.

물론 자신과는 아무런 상관도 없는 싸움에 끼어들 생각은 전혀 없었다.

괜히 자신에게 불똥이 튀는 것은 아닐까 하는 생각에 슬그머니 객잔을 벗어나려던 사무진이 마침 자리에 앉아 있던 유가연과 시선이 부딪쳤다.

그리고 전혀 세상에 때 묻지 않은 것 같은 순수한 눈망울로 사무진을 바라보고 있던 유가연이 입을 뗐다.

"도와줘!"

"설마… 나?"

"응."

"내가 왜?"

사무진이 고개를 절레절레 흔들었다.

워낙 바느질에 집중하고 있었기에 돌아가는 상황을 자세히는 몰랐지만 대치하고 있는 세 명의 사내 중 곱상하게 생긴 사내는 여인들과 한편인 것 같았다.

굳이 사무진이 끼어들 이유가 전혀 없었다.

도와줄 이유도 없었고.

그래서 사무진이 미련없이 객잔을 벗어나기 위해 걸음을 옮길 때, 장내의 상황은 또 한 번 바뀌었다.

서문유가 내려친 오른손에 목덜미를 얻어맞고 기절했던 항주사호 중 막내가 정신을 차리고 고개를 흔들며 일어났다.

"이런 개새끼가!"

그런 그는 일어나자마자 인상을 썼다. 죽은 듯이 바닥에 드러누워 있는 나머지 형제들을 보고서 눈이 돌아간 항주사호의 막내는 성격이 급했다.

앞뒤 재지도 않고 바로 서문유를 향해 달려들었다.

그로 인해 서문유의 눈에 당황한 빛이 떠올랐다.

평소의 그였다면 항주사호의 막내 같은 자들이 수십 명이 달려든다 해도 눈도 깜짝하지 않았을 터이지만 지금은 상황이 달랐다.

죽립을 쓰고 있는 정체불명의 두 사내와 팽팽하게 대치하고 있는 상황인 만큼 신경을 분산시킬 틈이 없었다.

그렇다고 두 눈을 뻔히 뜨고서 당할 수도 없는 상황.

"죽어, 이 새끼야!"

자신을 향해 쇠몽둥이를 휘두르고 있는 항주사호의 막내를 보며 서문유가 이를 악물며 검병을 움켜쥐고 있는 손에 힘을 더했다.

가만히 있다가 쇠몽둥이에 얻어맞을 수는 없었으니까.

그때였다.

서문유를 향해 떨어져 내리고 있던 쇠몽둥이가 갑자기 멈춘 것은.

"너도 눈치 참 없다. 딱 보면 네가 낄 자리가 아니라는 것을 모르겠어? 그러지 말고 넌 그냥 나랑 놀자."

사무진이 항주사호 막내의 뒷덜미를 움켜쥐고 잡아당겼다.

"이 새끼, 네가 뭔데 말도 안 되는 소리를 지껄이고 지랄이야!"

"피가 되고 살이 되는 충고야. 그렇게 눈치도 없이 낄 데 안 낄 데 모르고 돌아다니다 보면 오래 못 산다. 새겨들어."

"뭐야, 이 미친 새끼는?"

"무병장수라는 소박한 꿈을 가진 착한 청년이지."

사무진이 결국 한숨을 내쉬었다.

좋은 마음으로 충고를 했지만 전혀 먹혀들지 않으니 방법이 없었다.

"오래 살려면 눈치 좀 살펴라."

사무진의 오른손에 목덜미를 얻어맞은 항주사호의 막내가 다시 바닥에 쓰러졌다.

[누구지?]

[모르겠습니다.]

[적어도 사도맹 측의 인물은 아닌 것 같군.]

[어서 움직여야 하지 않겠습니까?]

[기다린다.]

[하지만 상대는 그저 그런 자들이 아닙니다. 사도맹 서열 백위 내에 당당히 이름을 올리고 있는 흑도이걸입니다. 청룡단의 부단주인 서문유 소협이 나이에 비해 강하다고는 하나 흑도이걸을 동시에 상대할 수 있을 정도는 아닙니다.]

객잔 구석에 놓인 탁자에 자리를 잡고 앉은 채 전음으로 대화를 나누던 허민규가 아직은 때가 아니라는 듯 고개를 흔들었다.

마음이 급한 듯 수하들이 재촉하고 있었지만 그는 떠나기 전 무림맹주 유정생이 당부했던 말을 기억하고 있었다.

"될 수 있으면 나서지 마. 죽이 되든 밥이 되든 알아서 하게. 진짜 죽을 것 같다는 판단이 들 때만 자네가 나서게."

유정생은 자신이 나서는 것을 꺼리고 있었다.

그리고 허민규는 떠나기 전 자신에게 간곡히 부탁하던 유정생의 마음을 이해했다.

[정체는 모르지만 조력자가 나타났으니 좀 더 두고 본다].

단호하게 수하들에게 명령을 내린 허민규가 신중한 눈빛으로 장내의 상황을 살피기 시작했다.

항주사호라는 이름만 그럴듯한 뒷골목 건달들로 인해서 깨어질 뻔했던 대치 상황이 다시 이어지고 있었다.

그리고 조금 전까지만 해도 대치 상황이 길어지면 길어질 수록 흑도이걸에게 유리했지만 지금은 상황이 변했다.

"이 새끼, 진짜 눈치없네!"

갑자기 등장한 사내에게 목덜미를 잡힌 채 끌려가던 항주사호의 막내가 겁도 없이 쇠몽둥이를 휘두르다가 맥없이 쓰러지는 모습이 허민규의 눈에 들어왔다.

'비수가 아니다?'

그리고 항주사호의 막내를 쓰러뜨리는 순간, 사내의 오른손이 번뜩이는 것을 보며 허민규가 눈을 크게 떴다.

당연히 비수라고 생각했는데 아니었다.

워낙에 의외의 물건이었다.

그래서 한참이나 바라보고서야 자신이 잘못 본 것이 아니라는 것을 허민규는 확신했다.

"저건 숟가락?"

어이가 없어서 전음을 사용하는 것도 잊은 채 중얼거리던 허민규가 중요한 것은 그게 아니라는 듯 고개를 흔들었다.

흑도이걸의 시선이 분산되고 있었다.

숟가락을 병기로 사용하는 자의 등장으로 인해서.

"대체 거기에 멍청하게 서서 뭐 하나? 도와준다면, 아니, 슬쩍 움직이기만 하더라도 큰 도움이 될 텐데."

어서 움직이라는 듯 허민규가 자그마한 목소리로 입을 열었지만 정작 사내는 전혀 움직이지 않았다.

그리고 허민규가 내심 바라고 있던 것과는 전혀 다른 말을 내뱉었다.

"이제 방해꾼도 사라졌으니 하던 일 마저 하세요. 전 급한 일이 있어서 이만."

분위기가 살벌했다.

괜히 끼어들었다가는 뼈도 못 추릴 정도로.

눈치없이 덤비다가 자신의 신병이기 숟가락에 머리를 얻어맞고 기절한 놈 정도였다면 어떻게 끼어들어 봤을 텐데 죽립을 쓴 두 사내는 달랐다.

딱 봐도 살벌한 기운이 뿜어져 나오고 있었다.

그래서 조심스레 이 자리를 빠져나가려 했지만 누군가가 사무진의 옷자락을 꽉 움켜쥐고 있었다.

마치 도망가지 못하게 만들겠다는 듯이.

"어디 가요?"

아까 도와달라고 부탁했던 그 소녀였다.

사무진의 어깨 어림에도 닿지 않을 정도로 작달막한 소녀
가 사무진을 맑디맑은 눈망울로 올려다보며 질문을 던지고
있었다.

"아까도 말했듯이 급한 일이 있어서……."

"나처럼 아름다운 소녀가 위험에 처했는데 도와줄 틈도 없
을 만큼 급한 일이에요?"

어이가 없었다.

그리고 대체 얘는 또 뭔가 하는 생각이 머리를 스쳤다.

자기 입으로 아름답다는 말을 꺼내다니 뻔뻔하기가 보통
이 아니었다.

물론 못생기지는 않았다.

맑으면서도 초롱초롱한 눈망울 하나만으로도 소녀는 충분
히 귀여웠으니까.

하지만 본인의 입으로 아름답다는 말을 꺼내는 것은 보통
뻔뻔하지 않고서는 어려운 일이었다.

그런데 신기한 것은 그 말을 들었음에도 그리 신경에 거슬
리지 않는다는 점이었다.

아니, 어쩌면 너무 어이가 없어서 그런 것에까지 신경 쓸
틈이 없어서인지도 몰랐다.

"도와줬잖아."

팔자 좋게 바닥에 드러누워 있는 항주사호의 막내를 턱끝으로 가리켰지만, 이 귀여운 소녀는 만족한 표정이 아니었다.

"저 멍청한 놈은 뒷골목 건달이잖아요. 주제도 모르고 나대는 뒷골목 건달 정도는 나도 기절시킬 수 있어요."

정말일까?

진짜라는 것을 말하고 싶은 듯 허리춤에 척하니 손을 얹고는 새치름하게 눈을 뜨는 소녀의 모습이 보였다.

그런데 그 모습을 바라보니 진짜일까에 대한 의문보다 귀엽다는 생각만 들었다.

깨물어주고 싶을 만큼.

하지만 사무진은 아직 정신을 차리고 있었다.

그의 꿈은 무병장수!

오래오래 살고 싶은 마음에는 변함이 없었다.

"난 싸움 못하는데."

"거짓말!"

"진짜야."

"아까 숟가락으로 이 사람을 기절시켰잖아요."

"그건 운이 좋아서……."

"시끄러워요. 무조건 도와줘요."

사무진의 입가로 한숨이 새어 나왔다.

세상에서 가장 상대하기 어려운 것이 세상 무서운 줄 모르고 치대는 어린아이와 치매 걸린 노인이라는 말은 역시 틀린 말이 아니었다.

치매 걸린 심 노인에게서 기껏 벗어났더니 이번에는 어디선가 나타난 귀여운 소녀가 자신을 괴롭히고 있었다.

"저기… 정 그러면 조금만 기다리면 안 될까?"

"왜요?"

"내가 데리고 다니는 호위무사들이 있거든. 지금 잠깐 어디 가 있는데 내가 가서 걔들 불러올게."

"얼마나 걸리는데요?"

"한 시진 정도."

귀여운 소녀의 눈매가 가늘어졌다.

대체 그게 말이 되는 소리냐는 듯이.

"역시 안 되겠지?"

"그전에 사단이 나서 나처럼 아름다운 소녀가 죽어도 상관 없어요?"

"그야… 안 되지."

별로 상관없었다.

하지만 눈앞에서 코끝을 찡그리고 있는 소녀를 보자 사무진은 내심과는 전혀 다른 말을 내뱉을 수밖에 없었다. 그리고 이제는 어쩔 수 없었다.

도와주는 척이라도 해야 했다.

"조금만 기다려라."

한마디를 남긴 사무진이 죽립인들에게로 걸음을 옮겼다.

죽립 사이로 얼핏 보이는 날카로운 눈빛.

마치 이 근처로는 얼씬도 하지 말라고 말하는 듯이 아까부터 자신에게 보내고 있던 그 날카로운 눈빛이 사무진이 움직이기 시작하자 점점 더 강해졌다.

살기를 담은 채 다가오는 눈빛.

보통 사람이라면 그 살기에 압도당해 한 발자국도 제대로 떼지 못 했겠지만 사무진은 달랐다.

혈마옥 내에서 여섯이나 되는 희대의 살인마들이 보내는 살기 어린 눈빛도 웃으며 받아넘겼던 그다.

이 정도 살기는 그에 비하면 아무것도 아니었다.

저벅저벅.

가볍게 무시하며 거침없이 다가오는 사무진을 바라보는 죽립인들의 시선에 초조한 빛이 어렸다.

그리고 그들이 갈피를 잡지 못하고 망설이고 있을 때, 사무진은 어느새 그들의 코앞까지 다가가 있었다.

"그냥 가려고 그랬는데……."

"……."

"……."

"미안하네요."

사무진의 오른손에 쥐여져 있던 신병이기 숟가락이 왼쪽에 서 있는 죽립인을 향해 떨어져 내렸다.

따악!

경쾌하게 울리는 소리와 동시에 남은 한 명의 죽립인과 서문유가 대치를 끝내고 거의 동시에 움직였다.

승부는 순식간에 갈렸다.

마지막까지 갈등하다가 사무진이 내려친 신병이기 숟가락에 고스란히 얻어맞은 죽립인이 바닥으로 쓰러지는 순간, 나머지 죽립인의 검이 사무진을 노리고 파고들었다.

하지만 이미 그것을 대비하고 있었던 사무진은 신병이기 숟가락으로 가뿐하게 그 검을 막았다.

그리고 그 순간, 서문유의 검이 죽립인을 베고 지나갔다.

"간단하네!"

혹시나 숟가락에 흠이 나지는 않았을까 신중하게 살피며 사무진이 한마디를 꺼낼 때, 서문유의 강렬한 시선이 사무진에게로 향했다.

어쩌면 목숨이 위험할지도 모른다고 생각했는데 사무진 덕택에 아무런 손해도 보지 않고 상황을 벗어난 셈이었기에.

물론 여러 가지 상황이 제대로 맞아떨어진 경우였다.

우선 흑도이걸은 방심했다.

사무진의 손에 들린 것이 단검이나 비수 같은 일반적인 병기가 아니라 숟가락이라는 것을 확인하고서.

자신과의 팽팽한 대치 상황에서 함부로 움직이기 어려웠

던 그들은 마지막까지 갈등하다가 결정을 내린 듯했다.

저런 숟가락으로 한 대 맞는다고 해서 큰 손해를 입지는 않을 것이라고.

그리고 그것이 그들의 오산이었다.

만만히 볼 수 있는 숟가락이 아니었다.

내력이 제대로 실린 숟가락을 얻어맞고 흑도이걸 중 한 명이 그대로 쓰러졌다.

그에 놀란 나머지 한 명이 검을 휘둘렀지만 이미 집중력이 흐트러진 그의 검은 허무할 정도로 쉽게 숟가락에 막히고 말았다.

사도맹에서도 서열 백위 안에 든다고 알려진 흑도이걸의 최후로는 허망해도 너무나 허망한 결과였다.

하지만 서문유는 혼란스런 상황으로 인해 간과하기 쉬운 것들을 놓치지 않았다.

'고수!'

흑도이걸이 방심했다고 하나 그들은 호신강기를 일으킬 수 있는 고수들이었다.

머리 위로 숟가락이 떨어져 내리는 것을 확인한 이상 아무 대비도 하지 않고 멍하니 얻어맞지는 않았을 터이다.

분명히 호신강기를 끌어올렸을 터이고, 그럼에도 불구하고 쓰러졌다는 것은 숟가락에 실린 내력이 호신강기를 가볍게 흐트러뜨렸다는 뜻이다.

게다가 집중력이 흐트러졌다고는 하나, 흑도이걸이 휘두

른 쾌검은 쉽게 막을 수 있는 것이 아니었다.

일반적인 병기인 검이나 도가 아닌, 짤막하기 그지없는 숟가락으로 정확하게 그 일검을 막아냈다는 것은 가볍게 넘길 일이 아니었다.

'정체가 뭐지?'

그래서 사무진을 보는 서문유의 눈빛이 더욱 강렬해질 때, 유가연이 사무진의 곁으로 다가왔다.

"눈썹 없는 아저씨!"

그리고 유가연이 꺼낸 한마디를 듣자마자 사무진의 얼굴이 일그러졌다.

"아저씨 아니라니까. 아직 서른도 안 된 창창한 오라버니에게."

"거짓말!"

"정말이야. 이제 겨우 스물다섯이라니까."

얼굴 가득 미심쩍은 빛을 띠고 있는 유가연을 보며 사무진이 씁쓸히 웃음을 지으며 앞에 놓인 술잔을 들었다.

이게 다 유령신마 노인 때문이었다.

아니, 굳이 따지자면 혈마옥 내의 희대의 살인마들 때문이었다.

눈썹만 사라진 것이 아니었다.

삼 년 동안 함께 지내며 시도 때도 없이 시달리면서 그들의 눈치를 살피다 보니 어느새 늙어버렸다.

혈마옥에 들어가기 전까지만 해도 탱탱하게 빛나던 피부가 어느새 윤기를 잃고 척박하게 변해 버렸을 정도로.

슬픈 현실이지만 아저씨라 불리는 것이 당연했다.

어쩌면 고마워해야 하는 것인지도 몰랐다.

적어도 괴물이라고 부르지는 않았으니까.

"잘 모르나 본데."

"뭘요?"

"요즘 눈썹 미는 것이 유행이야."

그래도 초라해지고 싶지는 않았다.

"하하, 설마요?"

해서 사무진이 한마디를 던지자마자 유가연이 한껏 입을 벌리고 웃었다.

비웃는 것 같아서 살짝 마음이 상했지만 이상하게 화가 나지는 않았다.

적어도 그 웃음에 가식은 없었으니까.

그래서 고개를 흔들며 사무진이 술잔을 입으로 가져갈 때였다.

"왜 혼자 마셔요? 같이 마셔야지. 자, 건배!"

입을 삐죽 내밀며 건배를 하자고 술잔을 앞으로 내미는 유가연을 향해 못 이긴 척 술잔을 부딪친 사무진은 한입에 술을 털어 넣었다.

그리고 당연하다는 듯이 숟가락으로 안주를 떠서 입으로 가져가는 사무진을 유가연이 이상하게 바라보았다.

　　"눈썹 없는 아저씨!"

　　"그렇게 부르지 마. 멀쩡한 이름 놔두고."

　　"화났어요?"

　　"화 안 났어."

　　"화난 것 같은데. 그래도 눈썹이 없는 것은 사실이잖아요. 근데 어쩌다가 눈썹이 그렇게 사라져 버렸어요?"

　　갑자기 서글퍼졌다.

　　눈썹 이야기가 나오니까.

　　눈을 동그랗게 뜨고 궁금한 표정을 짓고 있는 유가연을 바라보던 사무진이 잠시 뜸을 들인 뒤 대답했다.

　　"원래 없었다."

　　"그럴 수도 있어요?"

　　"집안 내력이야."

　　눈썹이 사라진 사연에 대해서 설명하려면 유령신마 노인에 대한 이야기를 해야 했고, 그러려면 혈마옥에 대한 이야기부터 시작해야 했다.

　　아무래도 귀찮았다.

　　그리고 더 이상 눈썹 이야기를 길게 하고 싶지도 않았고.

　　"다른 얘기 해!"

　　"다른 얘기?"

"그래. 근데 넌 아직 꼬맹이 주제에 술을 마셔도 되는 거야?"

술을 따라줄 때마다 넙죽넙죽 잘도 받아 마시는 유가연이었다.

어느새 발그스레하게 상기된 얼굴을 보고 슬슬 걱정이 된 사무진의 말에 유가연이 발끈했다.

"꼬맹이라니, 어엿한 숙녀에게."

"꼬맹이 같은데?"

"내가 아직 키가 조금 덜 자라서 그렇지 어엿한 숙녀라니까요. 그러니까 남이야 술을 마시든 말든 신경 쓰지 말아요."

"가슴도 작은데?"

"작긴 뭐가 작아요!"

가슴을 앞으로 내민 채 씩씩대고 있는 유가연을 바라보던 사무진이 무심코 슬그머니 손을 들어 올렸다 다시 내렸다.

키가 작은 것이 이 귀여운 소녀의 약점인 듯했다.

가뜩이나 취기로 인해 살짝 상기되어 있던 얼굴이 아예 홍당무처럼 온통 붉게 변한 것을 보니.

그런데 그 모습이 오히려 더 귀여웠다.

자신도 모르는 사이 머리를 쓰다듬기 위해 손을 들어 올렸을 정도로.

"화났어?"

"나한테 말 걸지 말아요."

"정말 화났나 보네."

"말 걸지 말라니까요."

톡 쏘아붙이는 유가연을 보던 사무진이 머쓱해진 표정으로 다른 두 사람을 향해 시선을 돌렸다.

그러고 보니 은혜를 입고서 그냥 넘어갈 수 없다는 유가연의 고집스런 제안으로 인해 우연찮게 시작된 이 술자리가 시작된 지 한참이나 흘렀지만 사무진과 유가연만이 이야기를 꺼냈을 뿐 두 사람은 거의 말이 없었다.

'엄청 예쁘네!'

사무진도 사내였다.

두 사람 중 여인에게 시선이 먼저 가는 것이 당연했다.

그리고 사무진은 흠칫 놀랐다.

너무 예뻐서.

잠깐 바라본 것에 불과하지만 어떤 단점도 찾을 수가 없었다.

마치 이 세상 사람이 아닌 것처럼 느껴진다고 할까?

그렇지만 사무진은 금세 시선을 돌렸다.

사무진은 자신에 대해 잘 알고 있었다.

좋게 말하면 주제 파악을 잘하는 편이고, 나쁘게 표현하면 꿈이 없었다.

그래서 헛된 기대 따위는 품지 않았다.

저렇게 아름다운 여인은 자신과 어울리는 여인이 아니었다.

그런 만큼 잘 알고 있었다.

그저 이렇게 함께 술을 한 번 마셨다는 것만으로도 감지덕

지해야 한다는 것을.

그래도 나중에 일춘이 놈을 만나면 내가 이렇게 예쁜 여자랑 술을 같이 마셨다는 자랑 정도는 하고 싶었다.

"이렇게 만난 것도 인연인데 우리 통성명이나 할까요? 난 사무진인데."

"서옥령이라고 합니다."

목소리라도 사내처럼 걸걸했으면 조금 쉬워 보였을 텐데 목소리까지 옥구슬이 굴러가는 것처럼 고왔다.

그래서 한층 더 멀게 느껴졌다.

"어디서 많이 들어본 이름인데……."

그저 고개를 한번 갸웃하며 술잔을 들어 올리던 사무진이 자신을 뚫어져라 바라보는 서문유의 시선을 느끼고는 움찔했다.

마치 탐색하는 사람처럼 바라보고 있는 서문유의 시선은 강렬했다.

기분 나쁜 느낌이 들 정도로.

"서문유라고 하오."

"아, 만나서 반가워요. 근데 내 얼굴에 뭐가 묻기라도 했나요?"

"그렇지는 않소."

"그럼 왜 그렇게 빤히 쳐다보는지……."

서문유는 여전히 사무진을 뚫어져라 바라보기만 했다.

대신 토라진 듯 아무 말도 없던 유가연이 사무진의 곁으로 다가왔다.

"왜 이래?"

"가만히 좀 있어봐요."

"설마 물려는 것은 아니지?"

"가만 안 있으면 진짜로 물어버릴 거예요."

귓불을 잡아당기는 유가연의 협박을 듣고서야 사무진이
고분고분해졌다.

그리고 그제야 유가연이 사무진의 귓가에 속삭였다.

"조심해요."

"뭘?"

"변태거든요."

너무도 갑작스런 말이라 제대로 알아들을 수가 없었다.

아니, 그보다 귓가를 간질이고 있는 유가연의 입김 때문에
정신을 차리지 못한 이유가 더 컸다.

술을 마셔서일까?

유난히도 뜨거웠다.

그리고 달콤한 향기가 전해졌다.

그래서인지 전신의 털이란 털이 모조리 곤두서는 느낌이
었다.

이런 느낌은 오랜만이었다.

아마 유령신마가 자신의 옷을 모조리 벗겨놓은 후 귓가에
'들어간다' 라는 말을 속삭인 이후로 처음 느끼는 감정이었다.

다행이라면 유령신마 노인에게 그 말을 들을 때와는 달리 기분이 그럭저럭 괜찮다는 것이었다.

"뭐야? 왜 갑자기 얼굴이 빨개지고 그래요?"

"그… 그게……."

순간적으로 머리 쪽으로 피가 몰려서 사무진의 얼굴은 자신도 모르는 사이에 붉게 상기된 듯했다.

'네 입김이 뜨겁고 너무 달콤해서 나도 모르게 흥분해 버렸어.'

그렇게 대답할 수는 없었기에 쉽게 대답하지 못하고 우물쭈물할 때, 또 한 번 유가연의 입김이 귓가를 간질였다.

"설마 좋아하는 거야?"

"응?"

"그러니까 혹시 아저씨도 남자를 좋아하는 변태야?"

그리고 이번에는 온몸에 있는 솜털이 모두 곤두설 정도로 흥분되는 대신, 온몸을 달구고 있던 열기가 싸늘하게 식었다.

여전히 강렬하기 그지없는 서문유의 시선이 갑자기 무척이나 부담스럽게 변했다.

"역시 그런 거였어."

"뭐가?"

"바느질 말이야. 정상적인 남자라면 이 시간에 객잔에 자리 잡고 앉아서 바느질을 할 리가 없잖아?"

"오해야."

"그럼?"

어려웠다.

분명히 오해였지만 어떻게 대답해야 할지 무척이나 곤란했다.

사실대로 말할 수만 있다면 그것만큼 편한 것이 없겠지만, 그리 할 수 없다는 것이 문제였다.

'솔직하게 대답할까?'

잠시 떠올렸던 생각에 흠칫하며 고개를 절레절레 흔들었다.

상상이 가지 않았다.

멀쩡한 손가락 마디를 잘라내고 다시 붙여줄 때 최대한 흔적이 남지 않게 예쁘게 꿰매주기 위해서 바느질을 한다고 대답하면 이 귀여운 소녀가 대체 어떤 표정을 지을지.

곤경에 처한 사무진이 도움을 청하려는 듯 서옥령과 서문유를 슬쩍 바라보았지만 그들의 얼굴에도 호기심이 떠올라 있었다.

게다가 여전히 강렬하기 그지없는 서문유의 시선과 부딪치자 얼른 고개를 떨어뜨릴 수밖에 없었다.

"사실은……."

"사실은?"

"무공 수련 중이었어."

"바느질하고 무공 수련이 대체 무슨 상관이 있어?"

또 한 번 말문이 막혔다.

바느질하고 무공 수련이 대체 어떤 상관이 있는지는 사무진도 몰랐으니까.

역시 멋모르고 치대는 어린아이를 상대하는 것은 쉬운 일이 아니라는 생각을 하며 사무진은 필사적으로 머리를 굴렸다.

그리고 마침내 그럴듯한 대답을 생각해 냈다.

"손의 감각을 예리하게 만들기 위해 필요하지."

여전히 의심쩍다는 듯한 유가연의 날카로운 시선이 느껴졌지만 사무진은 애써 태연한 표정을 지었다.

"예전부터 꼭 해보고 싶기도 했고. 그나저나 넌 여기에 무슨 일로 온 거야? 여기 사는 것 같지는 않은데."

곤경에서 벗어나기 위해 서둘러 화제를 바꾸었다.

그리고 다행히도 효과가 있었다.

"내가 여기 살지 않는다는 것은 어떻게 알았어?"

"그야… 너처럼 귀여운 소녀는 본 적이 없거든."

이 난국을 헤쳐 나가기 위해 어렵게 꺼낸 사무진의 말이 끝나기 무섭게 유가연의 표정이 눈에 띄게 밝아졌다.

"내가 좀 예쁘기는 하지."

"예쁜 게 아니라 귀여운 거라니까."

"그게 그거지. 아까 무슨 일로 여기에 온 거냐고 물었지? 이건 비밀인데… 말해도 되는지 모르겠네."

살짝 망설이는 유가연을 슬쩍 바라본 사무진이 미련없이

대답했다.

"비밀이면 말하지 마."

자고로 남의 비밀을 알아서 좋을 것은 없었다.

자신이 원하는 대로 무병장수하기 위해서는 남의 비밀 따위는 궁금해하지 말고 사는 편이 좋다는 것을 사무진은 잘 알고 있었다.

"아니, 그래도 아저씨는 우리를 도와줬으니까 특별히 말해 줄게. 무림맹주가 누군지는 알지?"

말해줄 필요가 없다는데도 유가연은 굳이 말을 꺼내기 시작했다.

그리고 대답하지 않으면 슬퍼할 것이라고 말하는 것 같은 커다란 유가연의 눈망울을 바라보던 사무진은 순간 마음이 약해졌다.

"알지. 무능하기로 소문났잖아."

"……"

"하는 일도 없이 녹봉만 받아먹는다고 하던데?"

무림맹에 대한 감정이 좋을 리가 없었다.

아직 정확한 정황까지는 알지 못했지만 틀림없이 무림맹의 행정 착오로 인해서 혈마옥에 갇혔던 사무진이니까.

그런데 이번에도 유가연의 표정이 이상했다.

하지만 사무진으로서는 그 이유를 알 리가 없었다.

"왜 그렇게 싫어해?"

"누구? 무림맹주?"

"그래."

"그야 싫어한다기보다는 소문이 그렇다는 거지. 솔직히 말해서 나는 일면식도 없는 사람인데."

"그렇게 나쁜 사람은 아니야."

"그래. 실제로 만나면 그럴 수도 있지. 나도 희대의 살인마들이 세상에서 제일 나쁜 놈들인지 알았는데 직접 겪어보니 나쁘기만 한 것은 아니더라고. 가만, 근데 네가 그걸 어떻게 알지?"

듣다 보니 이상했다.

유가연은 마치 자신이 무림맹주를 잘 안다는 듯이 이야기하고 있었다.

"우리 아빠거든."

그리고 이어진 대답을 듣고서 사무진은 조금 전 유가연의 표정이 갑자기 어둡게 변한 이유를 깨달았다.

"설마!"

"진짠데."

태연하게 대답하는 유가연과 달리 사무진은 태연하지 못했다.

그리고 말도 안 된다는 듯이 소리쳤다.

"네가 요화 서옥령이라고?"

荷蒸乳蒸棗湯細腸慈福佑蒙子至

至大改元四月佛浴道音廣爲傳行

日弟子趙孟頫敬書長座前并

老君演此眞妙經虎亚

共同
傳人
공동전인

"일춘이 이 새끼!"

사무진의 몸에서 순간적으로 강한 살기가 뿜어져 나왔다.

지금쯤 자신의 덕택으로 춘자라는 아가씨와 희희낙락하고 있을 일춘이 놈의 못생긴 얼굴이 떠오르자 화가 솟구쳤다.

그와 동시에 자책했다.

그놈이 술자리에서 꺼낸 말을 순순히 믿어버린 것에 대해서.

그날, 술에 잔뜩 취한 채 일춘이 놈이 말했다.

요화 서옥령이 무림맹주의 하나밖에 없는 딸이라고.

아무리 강호라는 곳에 관심이 없던 사무진이라고 해도 무능하기로 소문난 무림맹주의 이름 정도는 알았다.

냉혈검객 유정생!

기억이 제대로 나지 않을 정도로 술에 취해 정신이 혼미한 상황에서도 그것만은 기억이 나서 몇 번이나 확인했다.

어떻게 아버지와 딸의 성이 다를 수가 있느냐고.

그때, 사무진의 날카로운 지적에 혀를 찔린 듯 잠시 주저하던 일춘이 놈은 자신있게 대답했었다.

입양한 것이라고.

무림맹주 유정생은 고자라서 자식을 낳을 수 없다고 혀 꼬인 목소리로 몇 번이나 강조하던 일춘이 놈의 말을 믿었었다.

바보같이.

당연히 이상하다는 생각을 하며 한 번 더 의심을 했어야 했다.

술이 깨고 나서 지나가는 사람에게라도 물었다면, 아니, 하다못해 무림맹의 담을 넘기 전에 정문을 지키는 문지기에게라도 한 번 물어봤어야 했다.

그랬다면 금세 알아챘을 텐데.

"언니가 아저씨가 말하는 요화예요."

그제야 다시 서옥령을 제대로 바라본 사무진이 고개를 끄덕였다.

어쩐지 너무 예쁘다 했더니 다 이유가 있었다.

그리고 갑자기 허무한 마음이 들었다.

이렇게 우연히 만나게 될 운명이었다.

그때, 술에 취해서 기를 쓰고 무림맹의 담을 넘지 않았어도 이렇게 만나게 될 운명이었는데…….

"나쁜 새끼!"

다시 한 번 밉살맞은 일춘이 놈의 얼굴이 떠올랐다.

그놈이 잘못된 정보를 가르쳐 주지 않았더라도, 그리고 실연의 상처는 새로운 사랑으로 잊어야 한다며 부추기지만 않았더라도 사무진은 감히 무림맹의 담을 넘을 생각도 하지 않았을 터이다.

그리고 그랬다면 혈마옥에 갇히지도 않았고, 매순간 생명의 위협을 느끼며 희대의 살인마들에게 시달리지도 않았을 것이 분명했다.

그놈 탓에 인생이 통째로 바뀌어 버린 것이다.

"사 소협께서는 저를 아십니까?"

분을 이기지 못하고 씩씩대고 있던 사무진은 서옥령의 질문을 듣고서야 겨우 정신을 차렸다.

"요화 서옥령, 천하제일의 미녀, 그리고 만약 내가 삼 년 전에 무림맹의 담을 넘는 것에 실패하지만 않았다면 지금쯤 내 부인이 되어 있을 여자이죠."

담담하게 흘러나온 사무진의 대답을 듣던 서옥령과 유가연이 무슨 말도 안 되는 소리냐는 듯 눈을 동그랗게 떴다.

웬만한 일에는 눈도 꿈쩍하지 않을 것 같던 서문유도 놀란 듯 입가로 가져가던 술잔을 멈추었다.

그리고 조금 떨어진 곳에서 식사를 하고 있던 허민규도 놀란 듯 음식을 집고 있던 젓가락을 떨어뜨렸다.

"그러니까 아저씨가 무림맹의 담을 넘었다고?"

"그래."

"왜?"

"서 소저를 만나려고."

사무진의 강렬한 시선을 받았지만 서옥령의 표정은 차분했다.

다만 호기심이 생긴 듯 보석 같은 그녀의 두 눈이 더욱 빛을 발하고 있었다.

"언니는 왜 만나려고 했는데?"

"결혼하려고."

"푸핫!"

사무진의 대답을 듣자마자 유가연이 도저히 못 참겠다는 듯 목젖이 다 드러날 정도로 크게 웃음을 터뜨렸다.

"진심이야?"

"그럼."

"언니랑 결혼하려고 한 이유가 뭔데?"

"그게… 사실은 사랑하는 사람이 있었어."

사무진의 표정이 심각하게 굳어졌다.

그러나 유가연은 심각하게 변한 사무진의 얼굴이 보이지

않는 듯 또 한 번 웃음을 터뜨렸다.

"설마 그랬을 리가."

"……?"

"눈썹도 없는 아저씨를 좋아하는 여자가 있었단 말야?"

의심이 가득한 유가연의 이야기를 들은 사무진이 인상을 썼다.

비록 지금은 눈썹이 없어 사람들에게 괴물 소리를 듣고 있지만 그때만 해도 꽤나 잘생긴 편이었다.

그래, 솔직히 말하면 잘생긴 편은 아니었고, 적어도 일춘이 놈보다는 조금 더 잘생긴 편이었다.

"유행이라니까."

어쨌든 기분이 좋지는 않았다.

그래서 한마디를 쏘아붙인 사무진이 다시 이야기를 이어 나갔다.

"우린 서로 무척 사랑했었어. 그래서 헤어질 것이라고는 생각도 하지 못했어. 근데 그 여자가 배신을 했지. 갑자기 헤어지자고 하더라고. 아무 이유도 없이."

"말도 안 돼!"

"뭐가?"

"서로 무척이나 사랑했다면서. 그런데 아무 이유도 없이 갑자기 헤어지자고 하는 것이 말이 안 되잖아?"

"가만히 좀 들어봐라."

사무진의 지난 사랑 이야기에 꽤나 흥미가 생긴 듯 틈만 나면 끼어드는 유가연에게 주의를 준 뒤 사무진이 계속해서 이야기를 이어 나갔다.

　"나도 그 상황이 도무지 이해가 가지 않았지. 그래서 몇 번씩이나 찾아가서 대체 왜 헤어지려 하느냐고 물었는데도 끝내 아무 대답도 않았어. 상대하기도 싫다는 듯 눈도 마주치지 않고. 아팠어. 마음이 찢어질 것처럼 아프더니 어느 날부터 진짜로 몸이 아프더라. 아무것도 입에 대지 못하고 방바닥에 가만히 드러누워서 닷새나 끙끙 앓았어. 사람들이 그대로 죽는 줄 알았다고 하더라. 그래, 친구인 일춘이 놈이 찾아와서 그 말만 안 했다면 진짜 죽었을지도 몰라."

　"뭐라고 했는데?"

　끼어들지 말라는 사무진의 지적은 금세 잊은 듯 다시 한 번 유가연이 눈을 반짝이며 물었다.

　그리고 사무진은 이번에는 지적하지 않고 순순히 대답했다.

　"결혼한다고. 황보세가의 무인이라고 했었나? 하여간 나랑은 비교도 할 수 없는 괜찮은 놈이랑 만나서 결혼한다고 그러는데 가슴이 미어지더라. 그런데 또 오기가 생기더라고. 내가 그놈보다 못한 게 뭔가 하는 생각이 들면서."

　"……."

　"닷새 만에 자리를 털고 일어나서 가장 먼저 입에 댄 것이 술이야. 그날따라 왜 그렇게 술이 쓰고 뜨겁던지. 몇 잔 마시지도 않았는데 취하더라고. 그래서 정신을 놓으려는 찰나에 일춘이 놈이 혀가 꼬인 채로 말하더라고. 사랑의 상처를 잊는 데는 다른 사랑만 한 게 없다고. 날 버리고 딴 놈한테 가버린 그 여자보다 수십 배 괜찮은 여자를 만나서 복수하라고."

"그게 설마 언니?"

"적어도 천하제일미녀 정도는 되어야 된다고 생각했지."

사무진이 고개를 끄덕이며 술잔을 들었다.

"그래서 술에 취한 채 무림맹을 찾아갔지. 그런데 무림맹은 만만한 곳이 아니더라. 담을 넘자마자 잡혔어. 담장도 얼마나 높은지 머리부터 바닥에 떨어져서 기절해 버렸지. 그리고 다시 눈을 뜨니까……."

"뜨니까?"

"그만하자."

어느새 취기가 제법 돌았다.

그래도 이건 말하지 않는 편이 좋겠다는 본능적인 거부감이 들어 사무진이 고개를 흔들었다.

하지만 유가연은 무척이나 집요했다.

"이런 법이 어딨어?"

"뭐가?"

"사람 궁금하게 만들어놓고 갑자기 그만 하자는 법이. 그러지 말고 이 술 한잔 받고 마저 얘기해 줘."

유가연이 따라준 술을 받아 마시고 나자 슬슬 눈앞의 세상이 흔들리기 시작했다.

그리고 굳이 감출 필요가 있나 하는 생각이 들었다.

어차피 믿지도 않을 것이라는 생각도 들었고.

결정적으로 자신의 억울함을 어느 누군가에게는 털어놓고 싶었다.

"아까 어디까지 얘기했지? 그래, 눈을 뜨니까……."

"눈을 뜨니까?"

"혈마옥이었어."

이번에는 유가연과 서옥령뿐만 아니라 서문유까지 눈을 치켜떴다.

사무진만이 거칠게 숨을 몰아쉬며 한마디를 더 던졌다.

"아직도 그때 혈마옥으로 날 밀어 넣던 놈의 얼굴이 생생히 기억나. 내 손에 잡히기만 하면 죽여 버릴 거야."

다시 한 번 뿜어져 나오는 살기!

그리고 이번에는 허민규의 곁에 있던 사내가 젓가락을 떨어뜨렸다.

쿵!

"뭐야, 이 아저씨?"

뭐가 그리 좋은지 실실 웃다가 탁자 위로 머리를 처박는 사무진을 보며 유가연이 가볍게 인상을 찌푸렸다.

그리고 그런 유가연의 볼은 붉게 달아올라 있었다.

"남의 볼이나 자꾸 꼬집고 말이야."

"괜찮은 사람이네."

술에 취해서는 귀엽다며 자신의 볼 살을 몇 번씩이나 잡아당기던 사무진을 매섭게 노려보던 유가연이 서옥령에게 시선을 돌렸다.

꽤나 긴 시간 동안 함께 술자리에 있었지만 서옥령은 술을 입에도 대지 않았다.

그렇지만 이상하게 그녀의 얼굴이 살짝 상기된 것만 같았다.

그리고 희미한 웃음까지 떠올라 있었다.

사람들, 특히 사내들에게 일정한 거리를 두기 위해 늘 표정이 없던 그녀인데.

갑자기 화가 났다.

이유는 모르겠지만 갑자기 화가 난 유가연이 퉁명스레 대답했다.

"괜찮기는 뭐가 괜찮아. 자기 여자도 다른 남자한테 빼앗긴 못난 사람인데."

"글쎄, 그런 걸까?"

"아까 자기 입으로 그랬잖아."

"내가 보기에는 만약에 그 여자가 미리 사정을 말하고 헤어지자고 말했다면 웃으면서 보내줬을 사람이야."

"그걸 언니가 어떻게 알아?"

유가연의 시선을 받은 서옥령이 희미한 웃음을 지은 채 대답했다.

"원망하는 빛이 없었거든."

"……?"

"그런 일을 겪으면서 마음이 무척이나 아팠을 텐데도 원망하는 빛이 전혀 없었어. 나중에 시간이 지나 우연히 다시 만난다고 해도 웃으며 행복을 빌어줄 사람이야. 그리고 그렇게할 수 있는 남자는 세상에 그리 많지 않아."

서옥령의 대답이 모두 끝났지만 유가연은 고개를 갸웃했다.

아직 어린 그녀에게는 알 듯 말 듯한 이야기였다.

탁자에 머리를 처박은 채 가늘게 코까지 골면서 잠들어 있는 사무진을 바라보던 유가연이 가만히 손을 들어 붉게 달아오른 자신의 오른쪽 뺨을 만졌다.

술에 취한 눈썹 없는 아저씨가 오른쪽 뺨을 꼬집을 때 조금아팠지만 기분이 나쁘지는 않았다.

오히려 아저씨의 손에서 전해지는 따뜻한 느낌이 좋았다.

지금이라도 잠에서 깨어나 다시 한 번 자신의 볼 살을 잡아당겨 줬으면 하는 아쉬움까지 들었으니까.

물끄러미 깊이 잠든 사무진을 바라보던 유가연의 시선이 정신이 없는 와중에서도 손에 꽉 쥐고 놓치지 않고 있는 숟가락으로 향했다.

'이 숟가락이 뭐가 대수라고 이렇게 꼭 움켜쥐고 있는 거야. 바보같이.'

왠지 그 모습이 불편해 보여서 유가연이 숟가락을 빼주려 했지만 얼마나 꽉 쥐고 있는지 꿈쩍도 하지 않았다.

"사 소협에게는 소중한 물건인가 보네. 그냥 두는 것이 좋겠다."

낑낑대며 숟가락을 빼내려고 하던 유가연은 또다시 기분이 나빠졌다.

왜인지는 몰랐다.

그냥 서옥령이 사무진에게 관심을 가지고 있다는 것만으로도 화가 났다.

"바보 같은 아저씨!"

세상모르고 잠들어 있는 사무진에게 애꿎은 화풀이를 하면서 유가연이 획 소리가 나게 고개를 돌렸다.

"자넨가?"

"네?"

"조금 전에 불현듯 기억났네. 지금으로부터 약 삼 년 전, 무림맹의 담을 넘으려던 자를 잡았던 것이. 처음에는 사도맹 측에서 맹주님을 암살하기 위해 보낸 자객이 아닐까 생각했는데 아니었어. 사도맹에서 보낸 암살자라기에는 너무나 어설펐지. 마치 무공이라는 것을 모르는 자처럼. 술 냄새도 진동하고 있었고. 그래서 기절한 그자를 누군가에게 맡겼지. 알아서 처리하라고."

허민규의 눈빛을 받은 사내의 안색이 창백하게 변했다.

그리고 잠시 망설이던 사내가 입을 뗐다.

"제가 맞습니다."

"역시 그랬군. 조금 전 당황해서 젓가락을 떨어뜨리는 것을 보고 짐작했지."

예상하고 있었다는 듯 가볍게 고개를 끄덕이던 허민규가 이해할 수 없다는 표정을 지은 채 다시 물었다.

"사실인가?"

"무슨 뜻입니까, 대주님?"

"자네가 정말 저 친구를 혈마옥에 가두었나?"

허민규는 수하에게 질문을 던지면서도 반신반의했다.

혈마옥은 마교의 장로들을 가두어놓은 감옥이었다.

사무진이라는 저 청년이 혈마옥에 들어갈 이유도 없었고, 설령 그것이 사실이라 해도 이렇게 바깥세상을 돌아다니는 것은 불가능했다.

한 번 들어가면 영원히 나올 수 없는 곳.

그곳이 바로 혈마옥이었으니까.

"죄송합니다."

하지만 허민규는 수하의 대답을 듣고 둔기로 머리를 얻어맞은 것처럼 커다란 충격을 받았다.

"왜 그랬나?"

"그게… 저자가 정신이 들자마자 폭언을 퍼붓는 바람에 저도 모르게 그만 화가 나서 그랬습니다."

거짓말이라는 것을 허민규는 금세 알아챘다.

어떤 말을 했는지는 몰라도 고작 폭언을 퍼붓는 것으로 흥분해서 그런 일을 벌일 정도로 수하의 수양이 얕지는 않았다.

분명 다른 이유가 있을 터였다.

하지만 지금은 그 이유를 알아내는 것이 중요한 것이 아니었다.

수하의 말이 사실이라면 사무진이라는 저 친구가 혈마옥에서 탈옥했다는 것이 정말 중요한 사건이었다.

"가능한 일인가?"

스스로 던진 질문에 허민규는 불가능하다고 고개를 흔들었다.

잔인하기로 소문난 마교의 장로들이 무려 여섯이나 갇혀 있는 혈마옥이다.

무공이라고는 모르는, 아니, 설령 무공을 어느 정도 익혔다 하더라도 마교의 장로들이 혈마옥에 새로이 들어간 사무진을 가만히 둘 리 없었다.

물론 저자가 기적 같은 친화력을 발휘해서 마교의 장로들의 손에 죽는 것을 면했다 하더라도 달라질 것은 없었다.

탈옥은 불가능했다.

강하고 잔인하기로 소문난 마교의 장로들조차 탈옥하지 못하고 삼십 년이 넘게 갇혀 있는 곳이 바로 혈마옥이었으니까.

"설마?"

그런 허민규의 머릿속에 하나의 생각이 스치고 지나갔다.

사무진이 혈마옥에 갇혀 있는 마교 장로들의 진전을 모두 이어받아서 혈마옥에서 탈옥하는 데 성공한 것이 아닌가 하는.

거기까지 생각이 미친 허민규는 조금 전 사무진이 흑도이걸과 부딪칠 때 펼치던 무공을 떠올렸다.

보기 드문 병기.

아니, 숟가락을 병기로 사용하는 자는 전 강호를 통틀어도 없을 터이다.

게다가 그가 객잔에 앉아서 하고 있던 것은 분명 바느질이었다.

'혈마옥에 갇혀 있는 마교의 장로들 중 숟가락을 병기로 사용하는 자는 없다. 바느질을 하는 자는 더욱 없을 터이고.'

허민규가 고개를 끄덕였다.

오해에 불과했다.

저자는 그저 술에 취해 헛소리를 한 것이 틀림없었고, 자신의 수하는 사람을 잘못 본 것이다.

여전히 왠지 모를 찜찜한 감정이 마음속에 남았지만 애써 외면한 허민규가 죽립을 고쳐 썼다.

*　　　*　　　*

"팔자 좋네!"

"그게 아니라……."

"바깥세상에 나가서 여자들과 어울려 술이나 퍼 마시니까 술맛이 무척 좋은가 보지? 먹는 것도 잘 먹나 본데. 옛날에 죽 먹을 때와는 분명히 달라. 벌써 얼굴에 살이 통통하게 올랐는데?"

"그럴 리가요."

말도 안 된다는 듯이 손사래를 쳤지만 자신을 쏘아보고 있는 뇌마 노인의 눈빛은 여전히 차갑기만 했다.

"마교 재건은?"

"하고 있어요. 벌써 심 노인도 찾았다니까요."

"술이나 처마시고 자빠져 자는 주제에."

뇌마 노인은 믿지 않았다.

그리고 그것은 심마 노인도 마찬가지였다.

그나마 멀쩡한 얼굴로 사무진을 쏘아보더니 툭하고 한마디를 내뱉었다.

"간도 안 좋은 놈이 술이나 처마시고."

"그게 아니라……."

"뭐, 상관없지. 어차피 온몸이 하얀 것으로 봐서 얼마 지나지 않아 맞아죽을 것이 뻔하니."

웃는 얼굴로 저런 폭언을 퍼붓다니.

속상한 마음에 한마디를 더 하려 했지만 이번에는 어디서 갑자기 나타났는지 독마 노인이 불쑥 고개를 들이밀었다.

"오대극독 마셨어?"

"그게 아직……. 흑독문이 너무 멀어서."

"지랄하네. 예쁜 계집들하고 어울려 술 처마시고 노느라고 정신이 팔린 거지. 빨리 안 하면……."

"…….?"

"발가락 다 잘라 버린다?"

"흐읍!"

저절로 발가락이 오그라들었다.

그리고 언제나 그렇듯이 자기 할 말만 하고 독마 노인이 사라지자 이번에는 색마 노인이 모습을 드러냈다.

"심화 주수련!"

"그것도 아직."

와락.

색마 노인의 손이 소중한 사무진의 물건을 예고도 없이 움켜쥔 채 인정사정없이 잡아당기기 시작했다.

"크아악! 왜 이래요?"

"뽑아버리려고!"

"한 번만 봐주세요! 한 번만!"

간절한 애원이 통한 듯 색마 노인이 손을 뗐다.

그리고 이번에는 기다렸다는 듯이 유령신마 노인이 사무진의 바로 코앞으로 얼굴을 들이밀었다.

"화공 윤담은?"

"찾고 있어요."

"빨리해. 안 그러면 생매장시켜 버릴 테니까."

표정 하나 바뀌지 않고 잔인한 말을 하곤 유령신마 노인이 히죽 웃었다.

'괴물!'

그리고 눈썹도 없는 유령신마 노인의 얼굴에 떠올라 있는 웃음은 그 어떤 협박보다도 더 무서웠다.

"아, 검마 노인!"

마지막으로 모습을 드러낸 검마 노인을 보고 사무진이 반갑게 인사했지만 검마 노인은 울상이었다.

게다가 슬프기 그지없는 눈빛으로 소리쳤다.

"첫사랑을 찾아줘!"

그 애절한 목소리에 사무진은 마음이 절로 답답해졌다.

"찾아줄게요."

몇 번이나 어깨를 다독인 후에야 겨우 울음을 멈추는 검마 노인을 확인하고 이제는 끝났다고 생각할 때, 사라진 줄 알았던 뇌마 노인이 다시 모습을 드러냈다.

"또 왜요?"

"혈마옥을 벗어나서 밖으로 나가더니 간이 배 밖으로 나왔구나. 네놈을 믿은 내가 미친놈이었다!"

사무진이 도저히 감당하지 못할 정도로 강한 살기를 뿜어내며 뇌마 노인이 사무진의 목을 덥석 움켜쥐었다.

금세 숨이 막혀 캑캑대고 있는 사무진의 귓가로 뇌마 노인
이 섬뜩한 웃음을 지은 채로 속삭였다.

"내 취미 알지?"

모를 리가 없었다.

뇌마 노인의 고상하기 그지없는 취미를.

어디서 구했는지 뇌마 노인의 오른손에 들려 있는 길쭉한
대롱을 보면서 사무진이 필사적으로 소리쳤다.

"난 뇌가 없어요!"

번쩍.

눈을 떴다.

보이는 것은 검은색 천장.

그제야 깨달았다.

혈마옥에 살고 있는 희대의 살인마들이 하나도 빠짐없이
총출동하는 아주 지독한 악몽이었다는 것을.

온몸이 식은땀으로 젖어 있었다.

침상에 누운 채로 가만히 생각해 보았지만 아무것도 기억
나지 않았다.

마지막으로 기억이 나는 것은, 술에 만취해서 아픈 사랑의
기억을 늘어놓다가 탁자에 머리를 처박은 것이었다.

'술이 약해졌어.'

역시 술은 자주 마셔야 느는 법이었다.

예전이었다면 그 정도 술에는 끄덕도 하지 않았을 텐데.

식은땀이 배어 축축한 느낌이 드는 속옷을 갈아입기 위해서 몸을 일으키려는 사무진이 얼굴을 찌푸렸다.

목 근처가 무겁고 답답했다.

누군가 조르고 있는 것처럼.

간신히 고개를 든 사무진은 누군가의 팔이 자신의 목을 끌어안 듯이 감싸고 있다는 것을 깨달았다.

'설마?'

그 팔을 확인하자마자 사무진의 머릿속에 어제 함께 술을 마시던 두 여인의 얼굴이 떠올랐다.

서옥령과 유가연.

술에 취해서 자신도 모르게 함께 잠자리에 든 것이 아닐까 하는 생각이 들자 당황스럽지 않을 수 없었다.

물론 기대하는 마음도 없지는 않았지만.

'누구지?'

그제야 귓가를 간질이고 있는 가느다란 숨소리가 느껴졌다.

술 내음이 살짝 묻어 있는 숨결이 아주 가까이서 전해졌지만 오히려 달콤하다는 느낌이 들어서 나쁘지 않았다.

그리고 잠에서 깨지 않도록 조심스레 고개를 돌린 사무진은 일순 숨을 멈추었다.

낯익은 얼굴이었다.

차라리 모르는 사람이었다면 이렇게까지 놀라지는 않았을 텐데.

이름이?

그래, 이름도 기억났다.

서문유라고 했다.

그와 동시에 뚫어져라 자신을 바라보고 있던 서문유의 뜨겁기 그지없던 시선도 떠올랐다.

"조심해요. 변태니까요."

그리고 결정적으로 어제 술자리에서 유가연이 귓가에 속삭이던 그 말마저 머릿속에 떠오르자 온몸에 소름이 돋았다.

당한 걸까?

목을 답답하게 만들고 있는 서문유의 팔을 조심스레 밀어낸 다음, 덮고 있는 이불을 들추어보았다.

다행히 옷은 그대로였다.

그러나 배 부근에서 따뜻한 느낌이 들었다.

그리고 배 위에 올라와 있는 것이 서문유의 손이라는 것을 확인한 순간이었다.

"정말……."

"……?"

"좋아해."

사무진의 귓가로 서문유가 속삭이는 것이 들렸다.

그 말을 듣자마자 정신이 아득해졌다.

설마 했는데 진짜였다.

벌떡 몸을 일으키자마자 본능적으로 서문유의 중요한 부분을 무릎으로 가격한 후 필사적으로 방에서 도망쳤다.

희대의 살인마들이 모조리 등장하는 악몽을 꾼 데는 다 이유가 있었다.

숨을 헐떡이며 방 안에서 벗어난 사무진의 눈앞에 유가연이 빙긋 웃으며 서 있는 것이 보였다.

"눈썹 없는 아저씨, 잘 잤어?"

"이름 부르라니까."

"알았어. 그럼 무진 아저씨, 잘 잤어?"

생글생글 웃고 있는 유가연의 모습은 술을 깨고 봐도 여전히 귀여웠다.

하지만 화가 나는 것은 어쩔 수 없었다.

"너 대체 어떻게 이럴 수가 있어?"

"뭐가?"

"서문유라는 놈과 나를 한 방에 재울 수가 있느냐고!"

사무진이 힘껏 소리를 질렀지만 유가연은 눈도 꿈쩍하지 않았다.

"어제 자기가 같이 자겠다고 그래 놓고선?"

"내가?"

"그럼. 그래도 부끄러운 건 아는지 얼굴까지 벌개져서는 어깨동무까지 하고 같이 들어갔잖아."

하나도 기억이 나지 않았다.

그래서 다시 한 번 사무진이 절망할 때, 유가연이 의미심장한 웃음을 지은 채 다시 물었다.

"좋았어?"

"말을 말자."

"말도 못할 정도로 좋았어?"

가뜩이나 커다란 눈을 동그랗게 뜨고서 묻는 유가연을 바라보던 사무진이 답답한 듯 길게 한숨을 내쉴 때였다.

비칠거리며 서문유가 모습을 드러냈다.

그런 서문유를 보자마자 사무진이 흠칫 놀랄 때, 서문유도 강렬한 눈빛으로 사무진을 노려보았다.

물론 사무진도 시선을 피하지 않았다.

변태 놈에게 쉽게 보였다가는 언제 또 무슨 봉변을 당할지 모른다는 생각에 불꽃이 튈 정도로 맹렬히 노려보았다.

"벌써 서로에게 빠진 거야?"

"넌 대체 뭔 소리를 하는 거야?"

"서로를 바라보는 눈빛이 너무나 애틋하기에."

역시 멋모르고 치대는 어린아이는 상대하기 어렵다.

부딪치지 않는 것이 최선이었다.

그래서 사무진이 어서 객잔을 옮겨야겠다는 결정을 내리고 움직이려 할 때, 유가연이 웃으며 물었다.

"아저씨, 아직 옥령 언니 좋아해?"

"별로."

"왜? 옥령 언니 때문에 무림맹의 담까지 넘을 정도로 좋아했었잖아."

"옛날얘기야."

"그럼 옥령 언니가 다쳐도 상관없어?"

"다치기는 왜 다쳐?"

"언니가 이번에 항주까지 온 것은 무림맹의 일을 처리하기 위해서야. 여기서 이십 리쯤 떨어진 마성장에 무림맹주, 그러니까 우리 아빠의 서찰을 전하는 것이 언니의 임무야. 그런데 사도맹이 그 사실을 알고 있어."

"그래서?"

"사도맹주가 옥령 언니를 노리고 있어. 어제 죽립 쓰고 왔던 놈들 있잖아. 걔들도 사도맹주가 보낸 애들이야."

요화 서옥령을 사도맹주가 노린다니.

사무진이 알기로 사도맹주 호원상은 이미 환갑이 넘었다.

그런 노인이 이제 갓 스무 살을 넘긴 서옥령을 노린다니 이건 길게 이야기할 것도 없는 문제였다.

한마디로 범죄였다.

"납치라도 하려나 보지?"

"아마 그럴걸."

"안됐네."

"응?"

"안됐다고. 몸조심하라고 전해줘."

물론 안타까운 일이다.

웬만한 일에는 화를 내지 않는 사무진조차도 분노를 느낄 정도로.

하지만 사무진의 꿈은 몇 번이나 강조했듯이 무병장수였다.

상관없는 일에 끼어들었다가는 꿈을 이루는 데 분명히 지장이 발생한다는 것을 잘 알고 있었다.

당연히 짐을 싸기 위해서 방으로 올라가는 사무진을 어이없다는 듯이 바라보던 유가연이 서둘러 다시 입을 뗐다.

"아저씨, 나도 죽을지 몰라."

"너도 얼른 집으로 돌아가."

"하지만 옥령 언니와 함께 임무를 완수해야 하는걸. 내가 죽어도 상관없어?"

"응, 상관없어."

물론 거짓말이다.

죽었다는 소식을 들으면 조금 마음이 아프기는 할 것이다.

하지만 더 중요한 것은 자신의 목숨이었다.

일단 자신이 살아야 마음이 아프든지 할 것이 아닌가?

깊이 생각하지도 않고 하는 사무진의 대답을 듣고서 충격을 받은 듯 멀어지는 사무진의 뒷모습을 바라보던 유가연이 씩씩거리며 숨을 몰아쉬었다.

갑자기 억울하다는 생각이 들었는지 눈물까지 글썽이며 소리쳤다.

"눈썹도 없는 주제에!"

"유행이라니까!"

"흥!"

"보태준 것도 없으면서."

"보태줄게!"

"뭐?"

"마성장에 머물고 있는 식객 중에 문신을 하는 사람이 있대. 그 사람이라면 아저씨 눈썹도 멋들어지게 그려줄 수 있을 거야."

절대 멈추지 않을 것처럼 거침없이 걸어가던 사무진이 걸음을 멈추었다.

"문신?"

"응. 실력이 대단하다고 그러던데?"

"이름이 뭔데?"

"이름이… 그래, 윤담이야."

한참만에야 기억난 듯 유가연이 대답하자 사무진이 신형을 홱 돌렸다.

"누구라고?"

"화공 윤담. 문신을 그리는 것에는 일인자라는 소문이 파다해. 그리고 비록 무공은 모르지만 강호인들의 존경을 한 몸에 받고 있어."

"왜?"

"흉악하고 잔인한 마교의 장로인 유령신마의 협박에도 불구하고 결국 눈썹을 그려주지 않았거든."

화공 윤담이 마성장에 있다는 사실을 들은 순간 마음이 바뀌었다.

기대도 하지 않았는데 전혀 의외의 장소에서 화공 윤담을 만나게 되었다.

"언제 갈 건데?"

"오늘."

"까짓것, 같이 가지, 뭐."

유령신마의 부탁.

그리고 꼭 그 부탁이 아니더라도 사무진에게는 화공 윤담을 만나야만 하는 절실한 이유가 있었다.

아직도 석벽 앞에 쭈그리고 앉아서 자신을 기다리고 있을 매난국죽 네 사내에게 생각이 미쳤지만 곧 고개를 흔들었다.

마성장까지는 여기서 고작 이십 리.

아무리 늦어도 내일까지는 돌아올 수 있다는 판단이 들자 사무진은 마성장으로 함께 가기로 결심을 굳혔다.

第四章
독괴 하연신

荷蘤乳蒸棗陽細賜其福佑弟子王以

至大政元四月佛浴遶音廣為傳術如

日弟子趙孟順敬書長歷前丹

老君演此真妙經竟

共同
傳人
공동전인

사람의 얼굴에서 빛이 난다는 말이 있다.

그리고 사무진은 오늘 그 말이 사실이라는 것을 처음으로 경험했다.

"사 소협께서 도와주신다니 천군만마를 얻은 듯이 든든하네요. 진심으로 감사드립니다."

서옥령이 환하게 웃자 정말로 빛이 났다.

마치 이 세상 사람이 아니고 하늘에서 선녀가 하강한 것처럼.

보통 사내였다면 그렇게 환하게 웃음 짓는 서옥령에게서 절대로 눈을 떼지 못했겠지만 사무진은 달랐다.

서옥령이 웃는 것을 보며 다시 한 번 절감했다.

자신과는 절대 어울리지 않는 딴 세상의 여인이라는 것을.

"아니 뭐, 저는 겸사겸사 가는 거니까 신경 쓰지 마세요."

서둘러 고개를 돌리던 사무진의 눈빛이 강렬해졌다.

서문유가 바라보는 것을 확인하고.

다른 사람에게는 몰라도 서문유에게만은 절대 쉬운 남자로 보여서는 안 됐다.

"그런데 아저씨는 진짜 혈마옥에 갇힌 적이 있어?"

대체 왜인지 이유는 알 수 없었지만 상기된 얼굴로 사무진을 바라보며 유가연이 질문을 던졌다.

아저씨라는 단어가 마음에 들지 않았지만 그냥 참고 넘기기로 했다.

몇 번이나 말했지만 유가연은 고칠 생각이 전혀 없는 듯 보였으니까.

그리고 술김에 한 거짓말이었다고 넘어가려다가 그냥 고개를 끄덕이고 말았다.

거짓말이었다고 우기는 것도 귀찮았고, 눈치를 보아 하니 서옥령이나 서문유는 별로 믿는 것 같지도 않았다.

"그래."

"그럼 거기 있다는 마교의 장로들도 만났어?"

"당연하지."

"안 무서웠어?"

유가연이 눈을 반짝였다.

그리고 서옥령과 서문유도 대체 어떤 대답을 할까 하고 호기심을 드러냈다.

"당연히… 무서웠지. 노인네들 성격이 얼마나 지랄 맞던지 처음에는 말도 안 걸었어. 숟가락 하나 쥐어주고는 땅만 파게 시켰지."

"땅은 왜 파게 시켰어?"

"탈옥하려고."

"아!"

"그뿐이 아니야. 취미 생활도 어찌나 극성맞은지. 그중 한 노인의 취미 생활이 뭔지 알아? 사람을 죽인 뒤에 대롱을 꽂고서 뇌수를 빨아 먹는 거야."

유가연의 얼굴이 창백하게 질렸다.

서옥령과 서문유의 얼굴에도 동정심이 떠올랐고.

"아저씨한테 취미 생활을 하려고 하지 않았어?"

"당연히 하려고 했지."

"그런데 어떻게 안 당했어?"

"거짓말을 했어."

"뭐라고?"

"난 뇌가 없다고."

조금 거짓말을 섞었다.

뇌가 없다고 말한 것은 사무진이 아니라 뇌마 노인이었으니까.

하지만 어차피 뇌마 노인을 비롯한 희대의 살인마들이 혈마옥을 벗어나 다시 세상에 나올 가능성은 전혀 없었다.

그러니 거짓말을 좀 해도 전혀 상관없었다.

"그뿐이 아냐."

"또 있어?"

"그럼. 내 손가락도 잘랐어."

유가연이 깜짝 놀라 입을 가렸다.

"왜?"

"피 뽑으려고."

"피를 마시려고?"

"아니, 빨간색 바둑알이 모자라서."

"설마?"

"설마가 아냐. 이건 약과니까. 내 왼손 손톱이 까맣게 변했잖아. 이것도 그 노인들이 그런 거야. 내 허락도 없이 멋대로 손톱을 뽑아가서 예쁜 색깔로 만들어서 돌려준다니 이렇게 만들어놨어."

사무진은 담담하게 이야기를 꺼냈지만 듣는 사람들은 담담하지 못 했다.

반신반의하면서 사무진의 이야기를 듣던 유가연이 다시 질문을 던지려 할 때, 갑자기 마차가 멈추었다.

덜컹.

"무슨 일이지?"

긴장한 기색으로 서문유가 질문을 던지자마자 마부석에서 마차를 몰고 있던 사내의 대답이 돌아왔다.

"누군가 길을 막고 있습니다."

"길을 막고 있다? 몇 명이나 되지?"

"한 명입니다."

마부의 대답을 들은 서문유의 얼굴에 안도의 빛이 떠올랐다.

하지만 길을 막고 서 있는 자의 정체를 확인하기 위해 마차의 문을 열고 내린 서문유의 안색이 이내 어두워졌다.

"독괴 하연신!"

그리고 탄식하듯 한마디를 흘렸다.

서문유의 입에서 탄식처럼 독괴 하연신이라는 이름이 흘러나오자, 서옥령과 유가연의 안색도 어둡게 변했다.

물론 사무진은 예외였지만.

독괴 하연신이라는 이름을 처음 들어보는 사무진은 그저 눈을 껌벅이고 있다가 유가연에게 물었다.

"누군데?"

"아저씨는 정말 독괴 하연신도 몰라?"

"유명한 사람이야?"

"그럼. 사천당가의 가주인 당문기와 함께 현존하는 독공의 최고수로 꼽히는 자가 독왕 여한경이야. 그런 그의 하나밖에 없는 제자가 바로 하연신이고."

답답하다는 듯 유가연이 열변을 토해냈지만, 사무진은 이미 딴생각을 하고 있었다.

독마 노인과 독왕 여한경이 붙으면 누가 셀까 하는.

그리고 결과는 금세 나왔다.

희대의 살인마인 독마 노인이 다른 누군가에게 질 것이라는 생각은 도무지 떠오르지가 않았다.

"그런데 왜 갑자기 나타나서 마차를 가로막는 거야?"

"하연신도 사도맹에 몸담고 있거든."

"독왕 여한경도 아니고 독왕의 제자라니 그렇게 강해 보이지 않는데 서문유가 이기지 않을까?"

더벅머리를 긁적이며 사무진이 입을 뗐지만 이번에는 서옥령이 그리 간단치 않다는 듯 대답했다.

"독왕 여한경은 사도맹 내에서도 서열 십위 안에 드는 엄청난 고수입니다. 그런 여한경의 진전을 이어받은 유일한 제자인 만큼 독괴 하연신도 사도맹 서열 오십위 내에 드는 자입니다. 게다가 독공의 특성상 상대하기가 난해한 만큼 서문유 소협으로서는 하연신을 상대하는 것이 더욱 어려울 것입니다."

서옥령의 설명을 들은 사무진이 고개를 끄덕였다.

독공의 특성상 상대하는 것이 더욱 어렵다는 말은 잘 이해가 가지 않았지만 독공을 익힌 자들의 성격이 지랄 맞은 것은 사무진도 뼈저리게 느낀 경험이 있었다.

독마 노인을 만나서.

"일단 나가보자고."

하연신의 면상이라도 보자는 생각에 사무진이 마차 밖으로 나가려 하자, 서옥령이 서둘러 제지했다.

"사 소협은 그냥 마차 안에 있는 것이 좋지 않겠습니까?"

"왜요?"

"저희는 피독주를 가지고 있기에 어느 정도 독에 대한 방비책이 있지만 사 소협에게는 피독주가 없습니다. 위험이 너무 큽니다."

그 말이 틀리지 않다는 듯 유가연도 고개를 끄덕였다.

"맞아. 그 생각을 하지 못했네. 아저씨는 이런 피독주가 없잖아."

유가연이 손바닥 위에 회색빛을 띠는 구슬 하나를 얹어 사무진 앞으로 내밀었다.

물론 사무진이 피독주를 직접 본 적이 있을 리가 없었다.

"이게 피독주라는 거야?"

"그래. 피독주를 입에 물고 있으면 웬만한 독은 막아줘. 이게 이래 봬도 사천당가에서 만든 최고급 피독주거든."

자랑하듯 설명한 후 유가연이 입속으로 피독주를 쏙 밀어넣었다.

그리고 미처 하나 더 준비하지 못해서 미안하다는 듯 바라보았지만 사무진은 전혀 상관 없었다.

서옥령과 유가연은 몰랐지만 이미 수많은 극독을 몸으로 직접 체험하면서 만독불침의 경지에 오른 사무진이었다.

피독주 따위는 필요없었다.

누가 말릴 틈도 없이 사무진이 마차 밖으로 나왔다.

그 뒤를 따라 나온 서옥령과 유가연이 동시에 걱정스런 표정을 지었지만, 사무진은 신경 쓰지 않고 마차를 가로막고 있는 하연신에게로 시선을 던졌다.

먹물처럼 짙은 흑색 장포를 뒤집어쓴 채 비릿한 웃음을 띠고 있는 하연신과 진땀을 흘리며 대치하고 있는 서문유가 보였다.

"독기가 지독하군요."

"언니, 나 벌써 속이 안 좋아요."

사무진에 이어서 뒤늦게 마차에서 내린 서옥령과 유가연도 얼굴을 찡그리며 식은땀을 흘리기 시작했다.

"제대로 찾아왔군. 네년이 유정생의 딸이냐?"

고작 삼 장밖에 떨어지지 않은 거리에서 서문유가 검을 든 채 대치하고 있었지만 하연신은 서문유에게는 전혀 신경 쓰지 않았다.

식은땀을 흘리며 간신히 서 있는 유가연을 바라보던 하연신이 곧 곁에 서 있는 서옥령에게로 시선을 돌렸다.

그리고 그런 하연신의 입가가 말려 올라갔다.

"소문이 틀리지 않았구나. 독기 때문에 얼굴을 찡그리고 있음에도 불구하고 여전히 예쁜 것을 보니 요화는 요화로군.

어떠냐? 오늘 내 시중을 든다면 고통스럽지 않게 만들어줄 의
향이 있는데."

"헛소리."

서옥령이 힘겹게 입을 열어 대답했다.

하지만 음침하기 그지없는 하연신의 두 눈에 떠올라 있는
욕정의 빛이 더욱 짙어졌을 뿐이다.

"그래 봤자 소용없다. 조금 있으면 황홀경에 빠져 정신을
차리지 못할 테니. 조금만 기다려라. 우선 이 멍청한 놈부터
처리하고 갈 테니."

하연신의 시선이 다시 서문유에게로 향했다.

그리고 그런 하연신의 입가로 비웃음이 스치고 지나갔다.

"피독주의 힘으로 간신히 버티고 서 있기는 하다만 그게
무슨 소용일까? 손가락 하나 꿈쩍하지 못하는 주제에."

"······."

"하긴 그렇게 버티는 것만 해도 대단하지. 보아 하니 사천
당가의 멍청한 놈들이 만든 피독주로구나. 하지만 그딴 것으
로 내 독공을 견딜 수는 없다."

광오한 한마디가 흘러나왔다.

그리고 그런 하연신을 노려보는 서문유의 눈빛이 한층 강렬
해졌지만, 안타깝게도 눈빛만으로 사람을 죽일 수는 없었다.

저벅저벅.

하연신이 거침없이 다가올 때마다 강해지는 독기로 인해

서 점점 더 고통이 심해지는지 서문유의 전신이 가늘게 떨리기 시작했다.

그리고 그 모습을 바라보던 사무진이 길게 한숨을 내쉬었다.

[대주님.]

[더 기다리다가는 서 부단주가 위험합니다.]

[결단을 내려야 합니다.]

수하들이 날리는 전음이 동시다발적으로 들려왔지만 허민규는 어떤 결정도 내리지 않고 상황을 주시했다.

아니, 정확히 말하자면 사무진을 주시하고 있었다.

오직 지닌바 무공으로만 서열을 정하는 사도맹.

그 사도맹 내에서도 당당히 서열 오십위 안에 드는 독괴 하연신이 뿜어내고 있는 독기는 분명히 강렬했다.

이십여 장 떨어진 채 피독주를 물고서 상황을 살피고 있는 허민규도 그 독기를 느낄 수 있을 정도로.

그런데 불과 십 장도 떨어지지 않은 곳에 서 있는 사무진은 하연신이 뿜어내고 있는 독기에 전혀 영향을 받지 않는 것처럼 멀쩡했다.

사천당가가 만든 피독주 중에서도 최고급으로 알려진 피독주를 물고 있는 서문유나 서옥령, 유가연조차도 창백한 얼굴로 식은땀을 흘리고 있는데.

[이조와 삼조는 언제든지 공격할 수 있도록 준비한다. 단,

내 명령이 떨어지기 전에는 절대 경거망동하지 마라.]

급박한 상황이었지만 허민규는 서두르지 않았다.

유정생의 부탁도 있었지만 솔직히 말하면 사무진이라는 청년의 능력을 확인하고 싶은 마음이 더 컸다.

그때, 하연신이 서문유를 향해 움직였다.

지독한 독기에 대응하는 데 내력을 모두 사용하느라 검을 휘두를 여력조차 없는 서문유의 상황을 파악한 듯 하연신의 발걸음에는 거침이 없었다.

"목을 베어줄까, 아니면 심장을 도려내 줄까?"

어느새 단도를 꺼내 들고 붉은 혓바닥으로 검날을 핥으며 하연신이 다가가는 모습을 보고 허민규도 더는 망설일 수 없었다.

내력을 끌어올리며 움직일 준비를 마친 이조와 삼조에게 공격 명령을 내리려는 순간, 마침내 사무진이 움직이기 시작했다.

[조금만 더 기다린다.]

그리고 독기의 영향 따위는 전혀 받지 않는다는 듯 거침없이 걸음을 옮기고 있는 사무진을 보자 왠지 모를 기대감이 생겼다.

수하들에게 다시 명령을 내린 허민규가 사무진을 뚫어져라 주시했다.

차가운 검날에 혓바닥이 닿자마자 서늘함과 함께 짜릿한 고통이 전해졌다.

살짝 베어진 헛바닥에서 흘러나온 선혈의 비릿한 향을 느끼자마자 하연신은 기분이 좋아졌다.

선혈에서 느껴지는 비릿한 맛은 언제 느껴도 좋았다.

황홀하다는 느낌이 들 정도로.

그렇지만 더 황홀한 때는 자신의 선혈이 아니라 다른 놈의 선혈을 맛볼 때였다.

이제는 서 있는 것도 힘든 듯 전신을 바르르 떨고 있는 젊은 놈의 피 맛을 보기 위해서 다가가던 하연신이 눈살을 찌푸렸다.

더벅머리에 눈썹도 없는 희한하게 생긴 놈이 걸어오고 있다.

유가연이나 서옥령의 몸종쯤으로 생각했기에 신경도 쓰지 않았던 놈이인데, 예정된 자신의 즐거운 유희를 방해하고 있었다.

당연히 기분이 상하지 않을 수 없었다.

게다가 이놈은 자신이 뿜어내고 있는 독기에 전혀 영향을 받지 않는 것처럼 너무나 멀쩡했다.

그리고 그 이유는 하나였다.

분명히 자신과 마찬가지로 독공을 익힌 놈인 것이 틀림없었다.

독공을 수련하다 부작용이 생긴 것이 틀림없는 눈썹도 없는 희한한 몰골이 하연신의 추측을 뒷받침하는 증거였다.

"네놈은 사천당가의 인물이냐?"

그래서 하연신이 질문을 던졌지만 대답은 돌아오지 않았다.

가뜩이나 못생긴 놈은 대답 대신 기분 나쁜 웃음만 지을 뿐이었다.

"하긴 그렇다 해도 상관없지. 사천당가의 알량한 독공으로 감히 내 앞에서 멀쩡히 버티고 서 있을 수 있을 것 같으냐?"

하연신의 눈꼬리가 치켜 올라갔다.

"죽고 싶다면 죽여주지."

그런 그의 왼손이 허리춤으로 다가가 주렁주렁 매달려 있는 자그마한 가죽 주머니 중 하나를 낚아챘다.

그리고 그 주머니를 힘주어 누르자 가죽 주머니가 힘없이 터졌다.

모래처럼 가는 분말이 허공으로 터져 나올 때, 하연신이 왼손의 소매를 펄럭이며 비릿한 웃음을 지었다.

분혼사.

지금 하연신이 꺼낸 독은 분혼사였다.

칠보단혼사의 침샘에 고여 있는 독과 남만의 독초인 분월초를 섞은 후 가루를 내어 만든 치명적인 독이 바로 분혼사.

아무리 강한 무인이라 하더라도 분혼사를 극미량이라도 들이마시게 되면 절대로 살아날 수 없었다.

분혼사에 당했다는 것을 알아채고 내공으로 독기를 몰아내려 시도하기도 전에 온몸의 신경이 마비되어 버리니까.

극히 가는 분혼사의 분말이 하연신이 만들어낸 소매 바람을 타고 다가오는 눈썹 없는 놈에게로 향했다.

그리고 하연신은 분혼사의 분말이 괴물처럼 생긴 놈의 콧속으로 들어가는 것을 확인한 후 코웃음을 쳤다.

생긴 것처럼 멍청한 놈이었다.

독공을 연마한 자와 부딪칠 때는 호흡을 차단하는 것이 기본 중의 기본임에도 불구하고, 이놈은 그것도 모르는 듯 숨을 들이켜서 분혼사를 들이마셨다.

독공으로 이름을 떨치고 있는 사천당가의 가주가 오더라도 분혼사를 들이켜고 멀쩡할 수는 없었다.

하물며 이름도 없는 젊은 놈이 자신의 분혼사를 들이켰으니.

아니나 다를까.

거침없이 다가오던 눈썹 없는 놈이 벼락이라도 맞은 듯 움찔하며 멈추어 섰다.

그리고 신경이 마비되는 고통으로 인해서 얼굴을 일그러뜨리는 것을 확인한 하연신이 비웃음을 띤 채 한마디를 던졌다.

"멍청한 놈!"

충분했다. 더 이상 살필 가치도 없었다.

저 멍청한 놈은 이제 곧 온몸이 뻣뻣하게 굳어지며 바닥에 쓰러져 절명할 것이 틀림없었다.

그래서 다시 서문유에게로 다가가 잠시 미뤄두었던 즐거운 유회를 즐기려던 하연신의 얼굴에 불신의 빛이 떠올랐다.

눈썹 없는 놈이 쓰러지지 않았다.

분혼사를 흡입하면 신경이 마비되는 만큼 통나무처럼 몸

이 뻣뻣해져야 정상이다.

그리고 지금쯤이면 바닥에 쓰러진 후 중독으로 인해 온몸이 시커멓게 변해야 하는데, 쓰러지지도 않았고 온몸이 시커멓게 변하지도 않았다.

여전히 그 자리에 버티고 서 있었다.

"조금 매운데?"

게다가 말까지 하고 있었다.

그것도 재미도 없는 한물간 농담을.

"왜지?"

쓰러지지 않는 놈을 확인한 하연신이 가장 먼저 떠올린 것은 자신의 실수였다.

혹시나 자신의 실수로 분혼사가 아니라 다른 가벼운 독을 사용한 게 아닌가 하는 생각이 들자마자 하연신이 자신의 허리춤으로 시선을 던졌다.

하지만 실수가 아니었다.

분혼사가 담겨 있던 붉은색 가죽 주머니가 보이지 않았다.

"뭐가?"

"내가 사용한 독은 분혼사. 분명히 분혼사를 들이마시는 것을 확인했는데 어떻게 죽지 않고 멀쩡할 수가 있지?"

"아까 뿌린 게 분혼사라는 건가 보지? 독하기는 했어. 코가 매워서 콧물이 나올 정도였으니까."

정말 콧물을 훔치듯이 소매로 코끝을 스윽 문지르는 눈썹 없는 놈을 바라보던 하연신의 두 눈에는 불신의 빛을 넘어 기가 막힌다는 표정이 떠올랐다.

'독에 특별히 면역이 강한 놈인가?'

하연신이 이어서 떠올린 생각에 고개를 흔들었다.

물론 독을 잘 견디는 특이체질을 가진 놈들이 있기는 했다.

하지만 자신이 사용한 독은 분혼사였다.

아무리 독에 잘 견디는 특이체질이라고 해도 분혼사를 들이마시고 저렇게 멀쩡하다는 것은 말도 안 되는 일이었다.

머릿속이 혼란스러워졌다.

그러나 뒤죽박죽이 되어버린 머릿속의 생각을 정리할 시간도 하연신에게는 주어지지 않았다.

눈썹 없는 놈이 다시 거침없이 다가오고 있었다.

그것을 확인한 하연신의 왼손이 다시 한 번 허리춤에서 녹색 가죽 주머니를 낚아챈 후 힘껏 바닥에 던졌다.

퍼엉!

폭음과 함께 이번에는 녹색 연기가 피어올랐다.

그리고 기대에 찬 눈으로 피어오르는 녹색 연기를 바라보던 하연신의 얼굴이 또 한 번 찡그려졌다.

쓰러지기는커녕 너무나 멀쩡하게 녹색 연기를 뚫고 지나왔다.

"이번에는 간지럽네."

다시 한 번 코끝을 스윽 문지르며 다가오는 눈썹 없는 놈과의 거리가 어느새 팔을 뻗으면 닿을 정도로 가까워져 있었다.

본능적으로 뒤로 한 걸음 물러나는 하연신.

하지만 늦었다.

도망가지 못하게 만들겠다는 듯 눈썹 없는 놈의 오른손이 하연신의 멱살을 움켜쥐고 앞으로 잡아당겼다.

그리고 하연신의 귓가에 대고 속삭였다.

"이유를 말해줄까?"

"……?"

"만독불침이거든."

"미친……."

"이건 비밀인데… 내가 살던 동네에서는 만독불침은 기본이야."

눈썹이 없는 것을 확인했을 때 파악해야 했다.

미친놈이라는 것을.

내가 살던 동네에서는 만독불침이 기본이라는 말도 안 되는 헛소리를 지껄이고 있는 놈을 바라보던 하연신이 눈을 번뜩였다.

순순히 당할 자신이 아니었다.

그의 왼손 세 번째 손가락에는 극독이 묻어 있다.

멱살을 움켜쥐고 있느라 훤히 드러난 눈썹 없는 놈의 목덜미에 극독이 묻은 손톱이 틀어박혔다.

따끔.

그리고 그 순간, 하연신은 자신의 목덜미에도 눈썹 없는 놈의 왼손이 틀어박혔다는 것을 깨달았다.

"미친놈. 이제는 죽을 것⋯⋯."

그런 하연신의 얼굴이 당황으로 물들었다.

극독이 묻은 손톱이 박혔으니 쓰러지는 것은 저놈이어야 하는데, 이상하게 자신의 혀가 마비되어 말이 제대로 나오지 않았다.

"왜 사람 말을 안 믿는 거야?"

귓가로 파고드는 한마디를 들으며 하연신의 신형이 통나무처럼 뻣뻣하게 굳은 채 바닥으로 쓰러졌다.

독괴 하연신이 쓰러지자 장내를 뒤덮고 있던 지독한 독기도 순식간에 사라졌다.

그제야 운신이 편해진 유가연이 서둘러 사무진에게 다가왔다.

"아저씨, 괜찮아?"

"괜찮은데."

"말도 안 돼!"

"뭐가?"

"피독주도 없이 어떻게 독괴 하연신이 뿜어내는 독공을 견딜 수 있어? 그리고 대체 어떻게 독괴 하연신을 죽였어?"

눈을 동그랗게 뜨고 묻고 있는 유가연.

그리고 뒤늦게 다가온 서옥령과 서문유의 두 눈에도 의심스러운 빛이 떠올라 있다는 것을 확인하고 사무진은 난처해졌다.

　사실 이유는 간단했다.

　만독불침이기 때문이다.

　하연신이 아무리 이런저런 독을 사용해 봤자 코끝이 간질간질한 것이 다였고, 그냥 다가가서 왼손의 손톱으로 목덜미를 지그시 눌러준 것이 전부였다.

　그리고 하연신이라는 놈은 혈마옥 안의 희대의 살인마들과 달리 만독불침이 아니니까 중독되어서 죽은 것이고.

　하지만 손톱으로 눌러서 죽였다고 하면 순순히 믿을 리가 없었다.

　거기다가 우리 동네에서는 기본이 만독불침이라는 말까지 꺼내면 하연신과 마찬가지로 이들도 미친놈으로 볼 것이 틀림없었다.

　"그게 그러니까……."

　"내가 보기에는 그냥 아저씨랑 하연신이랑 서로 끌어안고 있었는데 갑자기 하연신이 죽었어."

　"응? 그게 끌어안은 것이 아니라……."

　곤란한 표정을 지은 채 머리를 긁적이던 사무진은 좋은 생각이 떠올랐다.

　유가연의 말처럼 멀찍이 떨어져서 보면 저기 죽은 하연신과 자신은 끌어안은 것처럼 보였을 것이다.

"사실 이놈, 변태였어."

"진짜?"

"아무래도 내가 맘에 들었나 봐. 자꾸 가까이 다가오라고 해서 갔더니 갑자기 끌어안더라고."

"그래서?"

"변태에게 순순히 당할 수는 없잖아? 안으려고 손을 뻗기에 기겁하고 밀쳤더니 자기 손톱에 목이 찔리더니 죽어버렸어."

"그게 말이 된다고 생각해?"

물론 의심하는 것이 당연하다.

지금 급히 지어낸 말이니까.

솔직히 지금 유가연에게 설명하고 있는 사무진조차도 말도 안 되는 소리라는 생각이 들 정도였다.

그래도 마땅한 방법이 없었다.

지금으로써는 이렇게 밀고 나갈 수밖에는.

"그건 그렇다 쳐. 그런데 어떻게 피독주도 없이 하연신이 뿜어내는 독기를 견딜 수 있었어?"

예리한 질문이다.

일순 말문이 막힐 정도로.

하지만 사무진은 이번에도 뛰어난 임기응변 능력을 발휘했다.

"이건 정말 말 안 하려고 했는데……."

"……?"

"독마라고 들어봤어?"

"엄청 흉악한 마두라고 했는데."

"그냥 흉악한 정도가 아니야. 잔인하고 성격도 지랄 맞지. 내 손가락을 잘랐던 것도 독마 노인이야."

"아⋯⋯."

"그런 독마의 취미가 다른 사람 괴롭히는 것이었어. 그리고 혈마옥 안에서 만만한 사람이 누가 있겠어? 나밖에 없지. 거의 매일 독을 먹이고 괴로워하는 나를 바라보면서 즐거워했었지. 그때 하도 여러 가지 강한 독을 주워 먹어서인지 하연신이 사용하는 독은 별것도 아니더라고."

의심으로 가득하던 유가연의 눈빛이 어느새 동정으로 변해 있었다.

다행히 더 이상 의심하는 빛은 보이지 않자 사무진은 안도했다.

"아무래도 변태들은 눈썹이 없는 것을 좋아하나 봐."

그리고 여전히 강렬한 시선으로 바라보고 있는 서문유를 확인한 사무진이 한마디를 더 던졌다.

그래도 서문유는 고개조차 돌리지 않았다.

변태라서 그런지 역시 뻔뻔했다.

아무래도 서문유 저놈은 독괴 하연신의 손에 죽도록 놔두는 것이 나았을 것이라는 후회가 가슴 깊이 밀려들었다.

꿀꺽.

허민규가 저도 모르게 침을 삼켰다.

처음부터 주시하고 있었기에 그는 사무진과 하연신의 대결을 하나도 놓치지 않고 확인할 수 있었다.

"설마 만독불침인가?"

탄식처럼 내뱉은 허민규의 말이 끝나기가 무섭게 수하들이 대답했다.

"그럴 리가 있겠습니까."

"말도 안 됩니다."

"아직 저렇게 젊은 사내가 만독불침이라는 것은 말도 안 됩니다. 현재 강호에 만독불침의 경지에 이르렀다고 알려진 자는 사도맹주 호원상과 독왕 여한경 단 두 명밖에 없지 않습니까?"

허민규가 가볍게 고개를 끄덕였다.

수하들의 말은 틀리지 않았다.

실제로 독왕 여문경과 함께 독공의 최고수 자리를 다투는 사천당가의 가주인 당문기조차 만독불침의 경지에 이르지 못한 걸로 알려져 있었다.

그런 만독불침의 경지에 이제 갓 약관이 지난 것으로 보이는 사무진이 이르렀다는 것을 수하들이 인정하지 못하는 것은 당연한 일이었다.

하지만 사무진이 만독불침의 경지에 이르렀다는 것을 제외하고는 지금 벌어진 상황을 설명할 길이 없었다.

"분명히 분혼사라고 했어."

하연신은 죽기 전 분명히 사무진에게 분혼사를 사용했다고 말했다.

그리고 서옥령이나 서문유, 그리고 유가연을 비롯한 자신의 수하들은 아직 경험이 부족해 분혼사에 대해 알지 못했지만 허민규는 달랐다.

허민규는 분혼사에 대해 잘 알고 있었다.

'피독주로는 절대 분혼사의 독기를 이겨낼 수 없다. 그렇다고 명성이 자자한 독괴 하연신이 하독에 실수를 했을 가능성은 더욱 없다. 게다가 사무진과 하연신이 보여주었던 마지막 움직임은……'

마치 다정한 연인처럼 끌어안은 형세였지만 허민규는 사무진과 하연신이 벌였던 최후의 공방을 놓치지 않았다.

하연신은 마지막 순간 사무진의 목덜미에 왼손의 중지를 틀어박았다.

하연신의 왼손 중지의 손톱에 극독이 발라져 있다는 것은 이미 알려질 만큼 알려져 더 이상 비밀이 아니었다.

실제로 하연신의 왼손 중지의 손톱에 발려 있는 극독에 당해 죽은 강호 인물도 수십 명이 넘어갔으니까.

하지만 사무진은 쓰러지지 않았다.

오히려 하연신이 중독되어 죽었다.

"설마!"

허민규가 눈을 감고 생각에 잠겼다.

혈마옥에 갇혀 있는 마교의 장로들 중 독마가 있다는 것을 생각하면 불가능한 것도 아니었다.

하지만 허민규는 마교 장로들의 성격을 잘 알고 있었다.

그들은 순순히 사무진이라는 젊은 청년에게 자신들의 진전을 전해주었을 정도로 다정다감한 성격이 아니었다.

'좀 더 지켜보며 확인할 필요가 있다.'

사무진을 바라보는 허민규의 눈빛이 강렬해졌다.

＊　　　＊　　　＊

"흑도이걸에 이어 독괴 하연신도 실패했다?"

"그렇습니다."

송구스러운 표정을 지으며 초로의 노인이 머리를 읊조렸지만, 눈이 부실 정도로 시린 빛을 발하고 있는 검신을 헝겊으로 닦으면서 손질하고 있던 청년은 별로 신경 쓰는 기색이 아니었다.

"무림맹주의 철없는 딸내미의 호위무사로 나온 자는 누구지?"

"서문유라는 자입니다."

"서문유?"

"무림맹에서 청룡단의 부단주 직을 맡고 있는 자입니다."

"좀 더 자세히 말해봐."

"과거의 행적에 대해 알려진 것은 거의 없는 자입니다. 삼년 전 무림맹의 비무대회에 홀연히 참가해 삼위를 차지하며 이름이 알려지기 시작했습니다."

"호오, 그럼 과거의 행적이 베일에 가려진 신비 고수인가?"

"현재 나이는 스물다섯으로 알려졌지만 이 역시 확인된 바는 없습니다. 누구에게서 무공을 사사받았는지도 확실하지 않지만 쾌검을 사용한다고 알려져 있습니다. 그리고 무공 수위는 중상으로 판단됩니다."

"실망이군. 사도맹의 정보력이 이 정도밖에 안 되나?"

"죄송합니다."

다시 한 번 고개를 숙이는 초로의 노인 이마에 굵은 식은땀이 맺혔지만 청년은 전혀 신경 쓰지 않고 말을 이어 나갔다.

"무공 수위는 중상밖에 되지 않는 서문유가 흑도이걸과 독괴 하연신을 연달아 죽인다는 것이 말이 된다고 생각하나?"

"아무래도 저희가 알아본 정보에 착오가……."

"아니, 그런 뜻이 아니야."

시린 빛을 뿜어내고 있는 검신만을 살피고 있던 청년이 처음으로 고개를 들었다.

그리고 고개를 든 청년은 미남이었다.

설령 처음 만나는 사람이라 하더라도 한 번만 보면 누구나 잊을 수 없을 정도로 강렬한 눈매와 시원스럽게 뻗어 있는 콧

등, 그리고 짙은 눈썹이 조화를 이루어 완벽하다는 느낌을 주는 청년의 얼굴이었다.

군이 단점을 꼽자면 사내치고는 입술이 조금 얇다는 것이었지만 환하게 웃고 있는 얼굴에 가려서 흠처럼 느껴지지도 않았다.

"내가 하고 싶은 말은 서문유라는 자의 무공 수위를 말하는 것이 아니야. 무림맹주 유정생이 하나밖에 없는 딸을 금지옥엽처럼 아끼는 것이야 이미 알려질 만큼 알려진 사실이 아닌가? 그런 그가 이런 시국에 딸을 밖으로 내보내는 데 호위무사로 서문유라는 자 하나만을 딸려 보냈을까 하는 뜻이지."

"그 말씀은 다른 자들도 함께 나섰다는 뜻입니까?"

"아마도 그렇겠지. 그리고 흑도이걸이나 독괴 하연신을 죽인 것은 서문유가 아니라 그들일 가능성이 크지. 뭐, 어차피 상관없는 일 아닌가? 그들을 보낸 이유야 상대의 전력을 탐색하기 위함이었으니."

"하지만 흑도이걸과 독괴 하연신 모두 맹 내에서 서열 백위 안에 드는 자들입니다. 폐관 수련 중이신 맹주님께서 나중에 출관하신 후 그들의 죽음에 대해 아신다면 노하실지도 모릅니다."

"그럴 수도 있지."

"게다가 호시탐탐 트집을 잡을 기회를 엿보고 있는 이공자님께서도 그들의 죽음을 문제 삼을지도 모릅니다."

초로의 노인의 얼굴에 우려 섞인 표정이 떠올랐지만, 정작 청년의 표정에는 조금의 걱정도 떠오르지 않았다.

"어차피 미끼일 뿐이야. 그들을 미끼로 사용해서 월척을 낚는다면 아무도 신경 쓰지 않아."

"하지만……."

"자네도 알다시피 아버님이 폐관 수련을 마치고 돌아오실 날이 얼마 남지 않았지. 그래서 내 맘도 조금 급해지는군. 무림맹주가 아끼는 하나밖에 없는 딸 정도면 아버님이 폐관 수련을 마치고 돌아오셨을 때 선물로 괜찮지 않을까?"

"물론 그렇습니다만……."

"모든 책임은 내가 질 테니 자네는 걱정하지 말고 일을 추진시키게."

"알겠습니다."

단호한 청년의 의지를 접하고 어쩔 수 없음을 느낀 노인이 가벼운 한숨과 함께 대답했다. 그리고 초로의 노인이 고개를 숙이고 물러나자 청년은 검을 손질하는 것을 멈추고 창밖을 바라보았다.

현 강호에서 가장 큰 세력인 사도맹.

하지만 청년의 야망은 거기에 만족할 수 있을 정도로 작지 않았다.

"머지않아 사도맹이 강호의 완벽한 주인이 될 거야."

천천히 석양이 내려앉기 시작하는 창밖을 바라보고 있던 청년의 입에서 새어 나온 한마디였다.

＊　　　＊　　　＊

유가연은 유달리 호기심이 강했다.

그리고 흉악하고 잔인한 마교의 장로들을 가두어두는 감옥인 혈마옥은 그녀의 호기심을 자극하기에 충분했다.

마치 당연하다는 듯이 사무진의 옆자리를 차지하고 앉은 유가연은 쉬지 않고 질문을 던졌다.

"마교의 장로들은 어떻게 생겼어? 사람을 그만큼이나 죽였으니까 보통 사람이랑 다르지 않아? 예를 들면 머리 위에 뿔이 자라고 있다거나."

"똑같이 생겼어."

"그럼 그중에서 누가 제일 잔인해?"

"다들 비슷해. 이천 명을 죽였는데도 사람을 제일 적게 죽여서 검마 노인이 막내 노릇을 하고 있는데 더 잔인한 사람이 어디 있겠어."

"이천 명씩이나 죽이다니. 한 번 보고 싶어."

"난 별로 보고 싶지 않은데. 하긴 어차피 다시 만날 수도 없지만."

일일이 대답해 주기가 귀찮았다.

하지만 좁은 마차 안에서 유가연을 피해 달아날 수 있는 곳은 없었다.

졸린 기색을 보여주기 위해 억지로 하품을 하던 사무진은 맞은편에 앉아 있던 서옥령과 시선이 부딪쳤다.

그리고 서옥령의 시선을 마주한 순간, 사무진은 움찔했다.

유가연과 서옥령의 눈빛은 분명히 달랐다.

유가연의 눈빛이 어린아이처럼 티없이 맑다면, 서옥령의 눈빛은 차분하지만 마치 속내를 모두 꿰뚫어 보고 있는 것처럼 느껴졌다.

왠지 모르게 부담스러운 시선.

그래서 서둘러 고개를 돌리려 했지만 한발 늦었다.

"사 소협에게 궁금한 것이 하나 있습니다."

"저한테요?"

일부러 퉁명스럽게 대꾸했지만 서옥령은 조금도 개의치 않았다.

"네. 혈마옥은 흉악한 마교의 장로들을 가두어두는 곳인 만큼 절대 탈옥이 불가능한 곳으로 알려져 있습니다. 그런데 사 소협께서는 어떻게 혈마옥에서 빠져나오셨습니까?"

사무진이 길게 한숨을 내쉬었다.

차라리 마교 장로들의 머리에는 뿔이 달려 있지 않느냐는 유가연의 천진난만한 질문이 그리웠다.

대체 뭐라고 답해야 할까?

마땅한 답을 찾지 못하고 사무진이 우물쭈물할 때, 서옥령이 다시 입을 뗐다.

"혹시 마교 장로들의 진전을 이어받았습니까?"

하나하나 던지는 질문마다 어찌나 이렇게 예리한지.

피곤했다.

아무리 천하제일미녀이면 뭐 할까?

돌아가시기 전, 아버지가 술에 취해 들려주시던 말씀이 새삼 떠올랐다.

"세상에서 제일 무서운 것은 얼굴이 예쁜 여자다."

"예쁜 여자랑 결혼하지 마라. 얼굴 예쁜 것은 길어야 석 달이면 끝이다. 아무리 예쁘다고 한들 석 달만 같이 부대끼면서 살다 보면 그 얼굴이 그 얼굴처럼 느껴지니까. 차라리 조금 못생겨도 착한 여자와 결혼하거라. 백치미가 있는 여자도 나쁘지 않지."

그래, 어쩌면 그래서였을지도 모른다.

사무진이 생각해도 그렇게 예쁜 편이 아니었던 어머니를 아버지가 그렇게 사랑했던 이유가.

그리고 아버지의 말씀이 절대 틀린 것이 아니라는 것을 지금 깨달았다.

하나같이 대답하기 곤란한 질문을 던지는 서옥령과 마주하고 있는 것은 분명 피곤한 일이었다.

어쨌든 솔직히 말할 수는 없었다.

잘못하다가 마교 장로들의 진전을 이어받은 제자로 낙인

찍히면 상황이 곤란해진다는 생각이 퍼뜩 들었다.

어쩌다 보니 마교의 교주 자리까지 올랐지만 이건 지금의 상황에서는 죽어도 밝혀서는 안 되는 것이었다.

"그건 서 소저가 직접 그 희대의 살인마들을 만난 적이 없어서 그렇게 생각하는가 본데요. 진짜로 그렇게 따뜻한 사람들이 아니라니까요. 하도 괴롭힘을 당하다 보니 몇 가지 얻어배우기는 했는데 진짜 그게 다예요. 그리고 얻어 배운 몇 가지도 별로 쓸 데도 없는 것들이에요."

"하지만……."

"아, 제가 어떻게 혈마옥에서 나올 수 있었냐구요? 그건 순전히 운이었어요. 잘 모르겠지만 혈마옥 안에는 거대한 우물이 있거든요. 희대의 살인마들이 나를 괴롭히려고 그 우물 속에 나를 빠뜨렸는데 우물 속에서 우연히 밖으로 나올 수 있는 구멍을 찾았어요. 제가 이래 봬도 수영은 좀 하거든요."

순전히 거짓말이다.

혈마옥 안에 우물 따위가 있을 리가 없다.

더구나 사무진은 수영은 아예 못한다.

어린 시절 홍수가 났을 때 물에 빠져서 죽다 살아난 다음에는 물가 근처에는 얼씬도 안 했으니까.

그래도 어쩔 수 없다.

희대의 살인마들의 후계자로 낙인찍힐 수는 없으니까.

순간적으로 지어낸 말들로 대충 둘러댄 이야기였지만 다

행히 유가연과 서문유는 그럭저럭 믿는 듯했다.

아니, 아예 관심이 없는 것처럼 보였다.

문제는 역시 서옥령이었다.

여전히 미심쩍은 표정을 짓고 있는 서옥령을 확인한 순간, 사무진은 서둘러 화제를 바꾸었다.

"그런데 지금 우리가 가고 있는 마성장은 어떤 곳이야?"

"아저씨는 대체 아는 게 뭐예요?"

"네가 무척 귀엽다는 것은 알아."

화제를 돌리기 위해서는 방법이 없었다.

자신이 던지고도 낯 뜨거운 한마디였지만 꺼낼 수밖에 없었다.

"그래도 중요한 것은 알고 있네."

또다시 얼굴이 벌겋게 달아오른 유가연이 두 손으로 뺨을 감싸고 있다가 다시 새침하게 입을 뗐다.

"하지만 마성장을 모른다는 것은 좀 심했다. 꽤나 유명한데."

"사 소협이 마성장에 대해서 모르는 것은 어쩌면 당연한 일일지도 몰라. 마성장은 최근 일 년 사이에 급격하게 세가 불어난 곳이고 그 당시에 사 소협은 혈마옥에 갇혀 있었을 때니까. 마성장에 대해서는 제가 설명해 드리죠."

다행이었다.

서옥령이 더 추궁하기 전에 사무진의 의도대로 화제가 넘어갔다.

그제야 안심하고 사무진은 서옥령이 꺼내는 마성장에 대한 설명을 들었다.

"마성장의 장주님은 강호에 명성이 자자했던 열혈도제 철무경 대협입니다. 도 한 자루를 어깨에 걸치고 혼자서 수십 년간 강호를 누비던 분이기에 철무경 대협이 마성장을 세운 것은 분명 의외의 일로 받아들여졌습니다. 그리고 누구도 예상하지 못했던 사건이었던 만큼 강호에 큰 화제를 불러일으켰습니다. 마성장이 세워진 지는 불과 일 년, 하지만 열혈도제 철무경 대협을 흠모하던 강호의 인물들로 인해 급격하게 세가 불어났습니다. 문도 수만 해도 사백에 이르고 철무경 대협의 인맥이 워낙에 두텁기에 수많은 강호의 인물들이 마성장의 식객으로 몰려들었습니다. 그리고 마성장의 세가 커질수록 많은 강호 인물들의 지대한 관심을 모았습니다. 무림맹과 사도맹. 마성장의 장주님인 열혈도제 철무경이 현재 강호의 두 축이라 부를 수 있는 무림맹과 사도맹 중 어느 쪽에 힘을 실어줄 것인가에 대해서. 그리고 지금 저희가 마성장으로 가는 이유가 그 일과 관련이 있습니다. 무림맹의 맹주님 서신을 전달하기 위해 찾아가는 것입니다."

꽤나 긴 서옥령의 설명을 모두 듣고서 사무진은 고개를 끄덕였다.

물론 꽤나 유명한 인물인 것처럼 서옥령이 말했지만 열혈도제 철무경이란 자는 이름도 들어본 적이 없었다.

그리고 솔직히 마성장에 대해서 크게 궁금하지도 않았다.

사무진이 관심이 있는 것은 오직 화공 윤담이 마성장이라는 곳에 식객으로 머물고 있다는 것이었다.

"도착했습니다."

때마침 마성장에 도착했다는 마부의 목소리를 들으며 사무진은 습관처럼 만질만질한 눈썹을 만졌다.

드디어 화공 윤담을 만날 기회가 왔다.

그리고 화공 윤담을 만나기만 한다면…….

이제 눈썹이 없어서 괴물이라 불리던 슬픈 과거도 안녕이었다.

第五章
마성장

共同
傳人
공동전인

"뭐야, 이것들은?"

사무진이 인상을 찡그렸다.

총관이라고 스스로 밝힌 중년인의 뒤를 조용히 따라가다 보면 마성장의 장주라는 철무경을 만나게 될 것이라 예상했다.

하지만 마성장 안으로 들어서자마자 얼핏 보아도 수백 명이 넘는 인원이 사무진 일행을 기다리고 있었다.

마치 구경거리라도 난 듯이.

"죄송합니다. 장주님께서 미리 엄명을 내리셨음에도 불구하고 호기심을 억누를 수 없었나 봅니다."

학사건을 쓴, 문사의 기운을 물씬 풍기는 총관이 웃으며 사과했지만 그조차도 문도들을 그렇게 나무라는 기색은 아니었다.

하긴 천하제일미녀라는 서옥령이 찾아온다는 소문을 들었을 테니 이해가 가지 않는 것은 아니었다.

문제는 사무진을 향해 쏟아지는 시선들에 담긴 감정이었다.

그저 단순한 질투라는 감정을 넘어 적의가 담겨 있었다.

이해가 가지 않았다.

분명히 서문유도 같은 사내인데 그에게 쏟아지는 시선에 담긴 감정에는 질투와 부러움만 담겨 있을 뿐 적의까지는 없었으니까.

"왜 나만 저렇게 못마땅하게 쳐다보는 거지?"

"그것도 몰라?"

"모르겠는데?"

"아저씨가 내 옆에 바짝 붙어서 걷고 있으니까 그렇지. 얼굴 예쁘지, 성격 좋지, 배경 든든하지. 나처럼 완벽한 여자 옆에 눈썹도 없는 아저씨가 같이 걸어가니까 어떻게 화가 나지 않겠어?"

확실히 얘도 중증이다.

어쨌든 사무진의 잘못이었다.

전혀 사태 파악을 못하고 있는 유가연에게 질문을 던지는 실수를 범했으니까.

다행히 얼마 지나지 않아 구경하는 이들의 모습은 더 이상 보이지 않았다.

대신 이번에는 거무튀튀한 구레나룻을 텁수룩이 기른 칠척 장한이 일행의 앞에 모습을 드러냈다.

"철 대협을 뵙습니다."

"철 대협께 인사드리겠습니다."

"철 숙부님, 오랜만이에요."

그리고 기다렸다는 듯이 서둘러 인사를 건네는 서문유와 서옥령, 그리고 유가연을 바라보다 보니 사무진만 가만히 멀뚱멀뚱 서 있기는 좀 그랬다.

그래서 인사했다.

슬쩍 손을 들어서 흔드는 것으로.

그리고 사무진이 고개를 숙이지 않는 데는 나름 이유가 있었다.

그래도 명색이 마교의 교주인데 다른 사람에게 고개를 숙이는 것은 자존심이 허락하지 않았다.

철무경이 그런 사무진을 확인하고 가볍게 얼굴을 찡그렸지만 그는 이내 본래의 신색을 회복했다.

"이렇게 직접 찾아주다니 고맙구먼. 권왕 그 친구는 잘 있는가?"

"당연히 직접 찾아뵈어야지요. 맹주님의 친필 서찰을 전해 드리려고 왔습니다. 그리고 장주님께서 늘 염려해 주시는 덕분에 아버님은 편히 잘 계십니다."

"잘 지낸다니 다행이군. 나한테 거하게 술을 한잔 산다고 하더니 약속도 지키지 않는 못된 친구 같으니라고. 만약 올해까지 그 약속을 지키지 않으면 무림맹으로 쳐들어간다고 전해주게."

"알겠습니다."

"그나저나 너는 볼 때마다 더 예뻐지는구나. 너도 이제는 괜찮은 짝을 만나 슬슬 시집가야지."

"과찬이십니다."

공손히 고개를 숙이는 서옥령을 바라보던 철무경이 아쉬운 듯 입맛을 다시며 혼잣말을 했다.

"쩝. 내가 십 년만 젊었어도……."

그리고 그 말을 놓칠 유가연이 아니었다.

눈을 가늘게 뜨며 철무경에게 소리쳤다.

"숙모한테 이를 거예요!"

"응? 아니, 이게 누구냐? 가연이 아니냐? 그새 몰라보게 컸구나."

"흥! 숙부님은 하나도 안 늙으셨네요?"

"녀석. 이제는 말도 예쁘게 하는구나. 네가 직접 찾아온다는 소식을 전해 듣고서 깜짝 놀랐다. 예상도 못했거든."

"아빠를 졸랐어요. 괜찮은 신랑감 하나 물어가겠다고."

"그래? 하하! 무림맹 내에도 괜찮은 사내들이 많지 않으냐? 보자, 자네 이름이 서문유였던가?"

"네. 청룡단의 부단주를 맡고 있는 서문유입니다."

"그래 삼 년 전 비무대회가 열렸을 당시 본 기억이 남아 있군. 어떠냐? 이 청년만 해도 괜찮은 신랑감이 아니냐?"

"뭐, 나쁘지는 않아요."

"그런데?"

"안타깝게도 서 소협에게는 치명적인 단점이 하나 있어서. 그리고 밖에 나가면 더 멋진 남자가 있을 수도 있잖아요."

"나처럼?"

"웨엑!"

장난스런 유가연의 표정을 확인하고 너털웃음을 터뜨리던 철무경이 갑자기 진지한 표정으로 물었다.

"그래서 찾았느냐?"

"네."

"정말?"

의외라는 듯 철무경이 눈을 치켜떴다.

"정말요."

그리고 평소답지 않게 살며시 눈을 내리깔며 대답하는 유가연을 확인한 철무경의 얼굴에 호기심이 떠올랐다.

"누구냐? 나도 아는 사람이냐?"

"숙부님은 모를 거예요."

"왜? 강호의 인물이 아니냐?"

"그게… 솔직히 말하면 나도 잘 모르겠어요."

유가연이 슬쩍 고개를 돌려 사무진을 바라보았다.

그리고 그런 유가연의 얼굴이 붉게 달아오르는 것을 확인한 철무경이 사무진을 살폈다.

유가연은 아직 어렸다.

그래서 순수하다고 해야 할까?

어쨌든 자신의 속마음을 감출 정도로 노련한 나이는 아니었다.

슬쩍 사무진이라는 청년을 바라본 것에는 이유가 있을 터였다.

그래서 혹시 유가연이 관심을 가지고 있는 사내가 사무진이 아닐까라 하는 생각을 하면서 바라본 철무경은 이내 고개를 갸웃했다.

사무진이라는 청년의 얼굴은 누가 봐도 준수한 편이 아니었다.

아니, 조금 과장을 보태서 말하면 눈썹이 없어서 꿈에 나올까 두려울 정도의 얼굴이었다.

'아무래도 내가 잘못 생각한 것 같구나. 저런 못생긴 녀석에게 가연이가 마음이 있을 리가 없지.'

혼자서 판단을 내린 철무경이 유가연에게 다시 고개를 돌렸다.

"그나저나 식사는 했느냐?"

"배도 고프고 다리도 아파요."

"그래? 일단 들어가서 얘기하자꾸나. 거하게 저녁을 준비해 놓았으니까."

기꺼운 웃음을 지은 철무경이 일행을 이끌고 내실로 향했다.

"맹주님께서 전하시라는 서찰입니다."

"맹주께서 보낸 서찰이라……."

서옥령이 내민 서찰을 받아 든 철무경은 희미한 웃음을 지을 뿐 봉해져 있는 서찰을 열어볼 생각도 하지 않았다.

"열어보지 않으십니까?"

"어떤 내용이 적혀 있을지 대충 짐작하고 있지. 무림맹에 가입하지 않으면 가만두지 않겠다는 협박일 거야."

"하지만……."

"맹주께서 그토록 아끼는 딸까지 이곳으로 보낸 것만으로 충분하네."

서옥령과 이야기를 나누면서도 철무경의 시선은 여전히 유가연에게로 향해 있었다.

철무경이 직접 신경 써서 준비하라 엄명했기에 커다란 식탁에는 산해진미가 빈자리가 없을 정도로 준비되어 있었다.

그리고 서옥령이 서찰을 전하든 말든 신경 쓰지 않고 유가연은 음식을 먹는 데만 집중하고 있었다.

아니, 좀 더 정확히 말하면 음식을 먹는 것이 아니라 옆에 앉은 사무진을 살뜰히 챙기고 있었다.

"아저씨, 이것도 먹어봐. 그건 아까도 먹었잖아. 이거 먹어
보라니까. 그래, 그동안 멀건 죽만 먹고 사느라 힘들었으니까
배가 터질 때까지 실컷 먹어."

빈 그릇이 생길 때마다 서둘러 치우고 요리가 담긴 접시들
을 사무진의 앞으로 가져다 놓는 유가연을 물끄러미 바라보
던 철무경이 서옥령에게 물었다.

"그래, 오는 동안 별일은 없었는가?"

"자그마한 문제가 있었지만 큰 탈 없이 넘어갔습니다."

"자그마한 문제라니? 좀 더 자세히 말해보아라."

"무림맹을 떠나 이곳으로 오는 도중에 흑도이걸과 독괴 하
연신이 나타났습니다."

"흑도 이걸과 독괴 하연신? 그들은 사도맹에 속해 있는 자
들이 아닌가? 감히 나를 만나러 오는 손님들에게 시비를 걸었
단 말이지. 다행히 다친 곳은 없어 보이는군. 서문유라는 청
년의 실력이 내 생각보다 뛰어났던가 보군."

조용히 음식을 먹고 있는 서문유를 힐끗 보며 철무경이 말
을 던질 때, 서옥령이 가볍게 고개를 흔들며 대답했다.

"사 소협이 도움을 주었습니다."

"저 친구가?"

서옥령의 대답을 들은 철무경의 시선이 다시 한 번 사무진
에게로 향했다.

흑도이걸이야 그렇다 쳐도 독괴 하연신은 사도맹 내에서

오십위 이내의 서열을 차지하고 있는 고수였다.

게다가 독을 사용하는 자.

철무경이 직접 부딪친다 하더라도 분명 껄끄러운 자였다.

그런데 사무진이 혹도이걸에 이어서 독괴 하연신까지 제압했다는 사실은 분명 놀라운 일이었다.

"틀림없는 사실인가?"

"그렇습니다."

"네가 직접 보았느냐?"

"네, 보기는 보았습니다만……."

"……?"

"대체 어떤 무공을 사용했는지는 모르겠습니다."

솔직한 서옥령의 대답을 듣고서야 철무경은 고개를 끄덕였다.

직접 보았음에도 불구하고 사무진이 어떤 무공을 사용했는지 전혀 모르겠다는 서옥령의 말을 듣자 어떤 상황이었는지 짐작이 갔다.

유정생이 유가연을 얼마나 아끼는지는 누구보다 철무경이 잘 알았다.

그런 유가연을 밖으로 내보내는데 호위무사로 서문유라는 젊은 놈 딸랑 하나를 붙였을 리가 없었다.

아직 누군지는 정확히 알지 못했지만 믿을 만한 호위무사들을 함께 보냈을 것이 틀림없었다.

그리고 그들이 서옥령이 눈치채지 못하는 사이에 손을 쓴 것일 터이다.

"그래, 그건 그렇고, 저자는 어떤 자인가?"

"이름은 사무진입니다. 아쉽게도 이름 외에는 저도 명확하게 알고 있는 것이 없습니다. 다만……."

"다만 뭔가?"

"아닙니다."

철무경이 재촉했지만 서옥령은 그냥 입을 다물었다.

사무진에게서 직접 혈마옥에서 탈출했다는 이야기를 들었지만 아직은 서옥령 본인도 완전히 믿지 못하고 있었다.

그런 만큼 철무경 앞에서 그 말을 꺼낼 수는 없었다.

"그럼 아직 정체도 확실하지 않은 저자와 이곳까지 동행한 것인가?"

"가연이가 원했습니다."

"가연이가 원했다고?"

철무경의 머릿속에 또다시 의심이 깃들기 시작했다.

아까 절대 아닐 것이라 판단했지만 혹시나 하는 생각이 들었다.

그래서 철무경이 결심했다.

사무진이라는 저 눈썹 없는 청년에 대해서 좀 더 자세히 알아봐야겠다고.

"같이 산책이나 하지 않으시겠습니까?"

막 목구멍으로 넘겼던 당과가 걸릴 뻔했다.

지금 서옥령이 보석 같은 눈을 빛내며 꺼낸 이야기는 분명히 작업을 거는 전형적인 수법이었다.

그리고 사무진은 지금 이 상황이 도저히 이해가 가지 않았다.

"그거 나한테 한 말이에요?"

"네, 마성장의 뒤뜰에는 경치가 좋은 산책로가 있습니다. 오늘은 달빛이 좋으니 무척이나 운치가 있을 것입니다."

분명히 저녁 무렵부터 비가 내렸다.

그러니 달빛이 좋을 리가 없었다.

그래서 지금 서옥령이 꺼내는 말을 대체 어떻게 받아들여야 할지 더욱 감을 잡을 수가 없었다.

"지금 비 내리는데……."

"비 오는 날에는 더욱 운치가 있답니다."

고심 끝에 꺼낸 말에도 서옥령은 포기하지 않았다.

그리고 천하제일미녀라고 불리는 서옥령이 이렇게까지 얘기하는데 사무진도 더는 외면할 수가 없었다.

"운치가 있기는 하네요."

솔직히 마성장의 뒤뜰에 있는 산책로는 그저 그랬다.

하지만 천하제일미녀인 서옥령이 엉덩이를 살랑거리면서 그 길을 걷고 있으니 무척이나 운치있게 느껴졌다.

그리고 사무진은 살짝 긴장했다.

아까 마성장에 도착해서 본 것처럼 서옥령을 사모하는 남자들은 무척이나 많았다.

조금 과장을 보태면 숟가락 들 힘만 남아 있는 남자라면 모두 그녀를 흠모하고 있을 것이다.

지금 사무진이 서옥령과 나란히 걷는 것을 누군가가 보고 있다면 질투심에 불타 언제라도 암기를 날릴 수도 있을 것이다.

"궁금한 것이 있습니다."

그래서 긴장을 늦추지 않고 걷고 있던 사무진에게 서옥령이 이야기를 꺼내는 것이 들렸다.

"뭔데요? 혹시 내 마음?"

"사 소협의 마음요?"

"아니, 신경 쓰지 말고 계속해요."

"혹시 사 소협은 마교의 교주인가요?"

숨이 턱 막혔다.

그리고 당황을 감추지 못하고 사무진이 숨을 헐떡이기 시작하자 서옥령의 눈에 떠올라 있던 의혹이 확신으로 바뀌었다.

"역시 제 예상이 맞았군요."

무슨 변명을 할까.

그 짧은 사이에 수많은 생각이 스치고 지나갔지만 사무진이 한 것은 그저 히죽 웃는 것이 다였다.

그리고 당황한 채 사무진이 본능적으로 날린 것은 살인미소였다.

차갑게 가라앉아 있던 서옥령의 눈빛이 살짝 달아오른 것으로 모자라 갑자기 이마를 짚으며 나무둥치에 기대는 것이 보였다.

"괜찮아요?"

"갑자기 어지러워서."

이마를 짚은 하얀 손가락이 무척이나 길었다. 그런 서옥령이 입술을 살짝 벌렸다.

그리고 살짝 벌린 그 입술은 촉촉하게 젖어 있었다.

냉큼 입을 맞추고 싶을 만큼 고혹적인 그녀의 입술이었지만 사무진은 초인적인 인내력을 발휘했다.

'이 순간의 충동을 참지 못하면 강호의 공적이 될지도 몰라.'

마교 교주라는 사실 하나만으로도 위태로운 목숨이었다.

거기에 서옥령의 입술까지 빼앗는 것은 화약을 지고 불길 속으로 뛰어드는 것과 같은 행동이었다.

"사 소협!"

"제발 부탁인데 어떻게 좀 참아봐요. 우리 이러면 안 되거든요."

그나마 어깨춤까지 들썩이지 않은 것을 다행으로 여기며 사무진이 살인미소를 가르쳐 준 색마 노인을 원망했다.

"자네, 나와 함께 얘기 좀 하지 않겠나?"

사무진을 은근한 눈빛으로 바라보며 자꾸만 몸을 기대려

는 서옥령의 도발에 넘어가지 않기 위해 혼신의 힘을 다했기에 피곤했다.

그래서 솔솔 잠이 쏟아졌다.

그러니 철무경이 다가와 넌지시 건네는 말이 반가울 리 없었다.

지금 상황이라면 천하제일미녀라고 알려진 서옥령이 옷을 다 벗고 달려들어도 귀찮을 판국인데.

"싫은데요."

"싫다고? 왜지?"

"그냥요."

대답하기도 귀찮아 건성으로 한마디를 던져 놓고 다시 눈을 감았다.

눈을 감기 전에 철무경의 얼굴이 잔뜩 일그러지는 것이 보였지만 어차피 상관없는 일이었다.

다시 볼 사람도 아니니까.

그런데 철무경이라는 영감은 생각보다 끈질겼다.

"이보게."

"또 왜요?"

다시 눈을 뜨니 아까 그 자리에 그대로 서서 얼굴이 벌겋게 달아오른 채 입을 여는 철무경이 보였다.

"나는… 꼭 자네와 대화를 좀 나누어야겠네."

대체 저 영감은 왜 저럴까?

생각보다 너무나 집요했다.

그리고 덜컥 겁이 났다.

혹시 철무경이라는 저 영감도 변태가 아닐까 하는 생각이 들어서.

"그냥 여기서 말하면 안 될까요?"

그래서 서옥령과 유가연, 그리고 서문유가 있는 이곳에서 말하면 안 되냐고 물었지만 철무경의 태도는 단호했다.

"안 되네."

"왜요?"

"이건 둘이서만 해야 하는 이야기니까."

처음 보는 사이에 갑자기 둘이서만 할 이야기가 있다고 고집을 피우다니.

이거 점점 더 냄새가 났다.

"대체 무슨 얘긴데 꼭 둘이서 해야 되는데요?"

"그건 직접 들어보면 알 것이네."

"그럼 하나만 대답해 주세요."

"뭔가?"

"혹시 변태는 아니죠? 그러니까 남색을 즐긴다든지 하는."

"……"

철무경은 순간 말문이 막힌 듯 아무런 대답도 꺼내지 않았다.

그리고 그것을 보고서 사무진은 확신했다.

정곡을 찔려서 당황하고 있는 것이라고.

마치 홍당무처럼 붉게 달아올라 있는 철무경의 얼굴을 바라보던 사무진이 길게 한숨을 내쉬었다.

　저렇게 간절히 원하는데 한번 못 이긴 척 들어주기로 했다.

　물론 그래도 긴장을 풀 수는 없었다.

　"알았어요. 대신……."

　"대신?"

　"사방이 확 트인 밖에서 얘기해야 해요. 실내는 위험하니까."

　결국 철무경의 볼 살이 푸들푸들 떨리기 시작했다.

　기가 막힐 노릇이었다.

　자신이 누군가?

　수십 년간 강호를 누비며 명성을 쌓아 열혈도제라는 별호까지 얻은 강호의 명숙 중의 한 명이었다.

　어디를 가더라도 귀빈으로 대접받는 그였다.

　보통 강호의 젊은 무인들 중에는 자신과 함께 대화를 나누는 것을 평생의 소원이라고까지 말하는 자들이 있을 정도였고.

　그런데 이놈은 자신이 먼저 대화를 나누자는 제의를 했음에도 불구하고 일언지하에 거절했다.

　그래, 그 정도라면 아직 강호에 대해 아무것도 모르는 자니 충분히 그럴 수도 있다고 생각했다.

　하지만 이놈은 거기서 멈추지 않고 자신을 변태로 오해하고 있었다.

지금도 그랬다.

행여나 자신이 무슨 일이라도 벌일까 두려운 듯 두 손으로 옷 깃을 꼭 여미고 있는 것을 보고서 어찌 화가 솟구치지 않을까?

그냥 대화만 나누려고 했던 처음의 다짐은 어느새 잊어버 렸다.

순간 울컥하고 솟구치는 화를 감당하지 못하고 철무경의 주먹이 나갔다.

물론 아무리 화가 난 상태라고 해도 철무경이 완전히 이성 을 잃은 것은 아니었다.

일성의 내력밖에 싣지 않은 주먹.

탁.

그런데 막혔다.

그리고 그 주먹을 막은 것은 다름 아닌 숟가락이었다.

"흥!"

사무진이 코웃음을 쳤다.

예고도 없이 다짜고짜 철무경이 주먹을 뻗어냈지만 순순 히 맞아줄 그가 아니었다.

맞는 것이라면 이미 이골이 난 사무진이었다.

삼 년간 희대의 살인마들과 지내면서 병신이 되거나 죽지 않은 것이 용할 정도로 숱하게 얻어맞았으니까.

그리고 뭐든지 자꾸 겪다 보면 익숙해지는 법이다.

처음에는 어떻게 맞았는지 눈에 보이지도 않았지만, 시간이 흐르다 보니 희대의 살인마들이 뻗어내는 주먹과 발길질이 모두 보였다.

그리고 지금 철무경이 내뻗은 주먹은 예전 희대의 살인마들이 휘두르던 주먹에 비하면 느려도 한참 느렸다.

모르긴 해도 이렇게 느려터진 주먹에 얻어맞았다는 것을 알면 희대의 살인마들이 억울해서 혈마옥을 뛰쳐나올지도 모르겠다는 생각이 들었다.

"말로 해요."

숟가락을 꺼내 가볍게 막으며 충고했지만 철무경은 사무진의 충고를 순순히 받아들이지 않았다.

부우웅!

또 한 번 주먹이 날아왔다.

그래도 아까보다는 신경을 쓴 듯 조금 더 빨랐지만, 그래봤자 큰 차이는 없었다.

사무진의 눈에는 훤히 보였다.

턱.

또 한 번 가볍게 막아냈다.

사무진도 이제는 마교의 교주였다.

어디 가서 아무한테나 얻어맞고 다닐 수 없는 사회적 위치였다.

"자꾸 이러면 나도 가만있지 않아요."

그래서 협박했다.

다행히 그 협박이 통했는지 철무경도 더 이상 주먹을 휘두르지 않았다.

무척이나 놀랐는지 반쯤 넋이 나간 표정으로 한참을 서 있던 철무경이 한참만에야 입을 뗐다.

"고수였군."

착잡한 철무경의 목소리를 듣고서 의아한 생각이 들었다.

시답지도 않은 주먹 두 번 막은 것을 가지고 고수라고 판단하다니.

하여간 웃긴 영감이었다.

"스승이 누구인가?"

그리고 철무경이 다시 던진 질문을 듣고서 사무진의 표정이 잠시 굳어졌다.

굳이 스승이라면 희대의 살인마들 정도.

하지만 뭐 하나 제대로 배운 것도 없었다.

게다가 굳이 철무경이라는 웃긴 영감에게 대답할 필요도 없었다.

그래서 굳게 입을 다물고 서 있자 철무경은 제풀에 지친 듯했다.

"밝히기 곤란하다는 뜻인가?"

"그래요."

"좋아, 그럼 어쩔 수 없지. 대신 다른 것을 묻겠네."

"뭔데요?"

"가연이에게 접근한 의도가 뭔가?"

아무래도 사무진의 판단이 틀린 것 같다.

변태가 아니라 반쯤 정신이 나간 영감이 틀림없었다.

처음 보는 자신에게 예고도 없이 주먹을 날리더니 이번에는 뜬금없는 질문을 던지는 것을 보니.

"대체 뭔 소리예요?"

"가연이의 배경에 대해서는 이미 알고 있었지? 그래서 자네가 의도적으로 접근했던 것이 아닌가?"

웃기는 소리였다.

객잔 구석 탁자에 자리 잡고 가만히 바느질을 잘하고 있는 사무진에게 먼저 접근한 것은 유가연이었다.

덕분에 귀찮은 일에까지 휘말려 버렸고.

"아닌데요."

"그럼 가연이에게 접근해서 이곳까지 온 이유가 뭐지?"

"여기서 만날 사람이 있어서 같이 온 것뿐인데요."

"만날 사람이라니? 누군가?"

"화공 윤담."

"그자를 자네가 왜 만나려고 하지?"

대답할 힘도 없었다.

그래서 슬며시 손가락을 들어 만질만질한 눈썹을 가리켰다.

"아!"

그리고 그제야 이해가 된 듯 철무경이 탄성을 토해낼 때, 난데없는 불꽃이 치솟아올랐다.

"적이다!"

"적이 침입했다!"

그와 동시에 터져 나오는 고성을 듣자마자 철무경이 얼굴을 굳혔다.

"남은 얘기는 다음 기회에 다시 나눠야겠군."

그 말만을 남긴 채 철무경은 신형을 날려 불꽃이 솟구친 방향으로 사라졌다.

"이건 또 뭐야?"

그리고 치솟아오르고 있는 불길을 잠시 멍하니 바라보고 있던 사무진도 정신을 차리고 서둘러 움직였다.

뭐가 어떻게 돌아가는지 자세히는 몰라도 사무진도 할 일이 있었다.

서둘러 화공 윤담을 찾아야 했다.

*　　　*　　　*

"준비는 끝났겠지?"

"네, 준비는 모두 끝난 상황입니다. 이제 태사령 어르신께서 도착만 하시면 바로 실행에 옮길 수 있습니다."

짙게 깔린 어둠과 무척이나 잘 어울리는 흑의 경장을 착용한 적운평의 보고를 듣던 염철악의 얼굴에 못마땅한 빛이 떠올랐다.

이번 일을 시작하기로 약속한 시간은 신시.

하지만 지금의 시각은 이미 신시에서 반 각이나 흘러 있었다.

그리고 모든 준비가 끝났음에도 불구하고 거사를 시작하지 못하는 이유는 사도맹 서열 십위의 고수인 태사령 임무성이 도착하지 않았기 때문이다.

"아직 연락이 닿지 않았나?"

"죄송합니다."

"자네가 죄송할 일은 아니지. 그만한 실력을 가진 분이니 무슨 일이 생긴 것은 아닐 터. 오늘의 거사를 잊었을 가능성이 크군."

"설마 그럴 리야 있겠습니까? 이번 일은 소주님의 지시인데."

"글쎄, 나는 조금 다르게 생각하네. 어쩌면 소주님의 지시이기에 따르지 않았을 가능성도 충분하지."

염철악이 다시 한 번 하늘을 올려다보았다.

그리고 별자리를 보며 시각을 확인한 그는 결심을 굳히고 입을 뗐다.

"더 기다릴 여유가 없다. 거사를 실행한다."

"하지만……."

"이미 반 각이 넘는 시간을 기다렸다. 그리고 어차피 더 기다린다 해도 이곳으로 온다는 확신이 없는 분이다."

"……."

"게다가 이미 모든 준비가 완벽하게 끝난 이상, 그리 어려운 일도 아니다. 사방에서 동시다발적으로 불길이 치솟아오른다면 장내의 상황은 혼란으로 빠질 터. 우리의 목표를 달성하는 데 있어서 기껏 방해가 될 말한 자는 철무경뿐이다. 그리고 철무경 정도는 내가 충분히 감당할 수 있다."

확신에 찬 염철악의 목소리.

적운평의 얼굴에 불안한 기색이 떠올랐지만 염철악은 더 이상의 이야기는 듣고 싶지 않다는 듯 고개를 흔들었다.

그리고 그것을 확인한 적운평이 마지막으로 확인하듯 오늘의 거사에 대해 입을 뗐다.

"마성장의 문도 중 집으로 돌아간 자를 제하고 현재 마성장 내에 머물고 있는 문도의 수는 장주인 철무경을 포함해 일백 명이 조금 넘습니다. 식객으로 머물고 있는 자들의 수는 총 팔십이 명. 그리고 그들 중 무공을 익힌 자는 스무 명입니다. 따라서 현재 마성장 내의 무인들의 수는 백이십 명 정도입니다. 저희가 노리는 목표물은 귀한 손님이 찾아왔을 경우 묵도록 마련된 별채에 있을 것으로 추정됩니다. 별채로 움직이는 것은 저희들. 나머지 인원은 사방으로 흩어져서 적당히 싸우는 척을 하며 주위를 분산시키고 시간을 벌 예정입니다. 그들이 벌 수 있는 시각은 최대 반 시진으로 추정됩니다. 그리고 상황이 저희의 예상과 달리 흘러갈 경우에는……."

"이곳을 통째로 쓸어버리는 거지."

"그렇습니다."

"기껏해야 철도 안 든 계집아이 하나 잡아오는 일이야. 더 지체하지 말고 이만 시작하지."

"알겠습니다."

적운평이 명이 떨어지기만을 기다리고 있던 수하에게 눈짓했다.

그리고 그것이 시작이었다.

펑!

퍼엉!

사방에서 거의 동시에 터져 나오는 폭음과 함께 불길이 치솟아 어둠에 물들어 있던 마성장의 내부를 밝히기 시작했다.

그리고 그 순간, 염철악을 선두로 일단의 흑의인들이 마성장의 담을 넘어 들어갔다.

＊   ＊   ＊

"내가 버티고 있는 마성장의 담을 넘다니! 감히 어떤 놈들이냐?"

처음으로 마주친 세 명의 흑의인을 향해 철무경이 소리를 질렀지만 돌아오는 답은 없었다.

대답 대신, 서로를 바라보며 눈빛을 교환하던 흑의인들은 일제히 철무경을 향해 공격해 들어왔다.

빠르면서도 정교한 공격..

하지만 철무경은 코웃음을 쳤다.

그의 손에 들린 거대한 도가 거침없이 움직이기 시작했다.

자신의 사혈을 노리고 파고들던 세 개의 검날을 가볍게 쳐 낸 철무경은 거기서 멈추지 않았다.

갑자기 도신이 길어졌다고 느껴질 정도로 빠르게 움직인 도는 세 명의 흑의인 중 가운데에 위치하고 있던 자의 가슴을 반으로 갈라 버릴 기세로 떨어져 내렸다.

그 공격을 피하기 위해 흑의인이 뒤로 물러나고 있었지만 이미 늦은 후였다.

그래서 철무경이 흑의인의 죽음을 확신할 찰나, 왼쪽에 서 있던 흑의인이 휘두른 검날이 도의 진로를 막아서기 위해 다가왔다.

"감히!"

그것을 눈치채지 못할 철무경이 아니었다.

노호성과 함께 떨어지고 있는 도에 내력을 더하려는 찰나, 남아 있던 흑의인의 검날이 심장을 노리고 파고들었다.

'합공!'

아쉽지만 도를 거두며 뒤로 물러설 수밖에 없었다.

그리고 철무경이 다시 도를 들어 올릴 무렵에는 세 명의 흑의인이 이미 품 자 형태로 완벽히 자리를 잡은 후였다.

'서두르지 않는다?'

그런 흑의인들과 한 번 더 도를 섞은 후 철무경의 눈이 의아함으로 물들었다.

기습적으로 마성장을 침입한 자들이라고 생각하기에는 지나칠 정도로 이들은 적극적이지 않았다.

철무경이 선제공격을 하지 않자 이들도 마치 약속이라도 한 듯 자신의 자리만을 지킬 뿐 움직이지 않았다.

'장을 침입한 흑의인들의 수는 분명 적지 않으나 그에 비해서 곳곳에서 벌어지고 있는 싸움은 그다지 격렬하지 않다. 그것은 이들이 마성장을 노린 것이 아니라는 뜻. 그렇다면 이들이 노리는 것은 뭐지?'

철무경의 머리가 빠르게 회전했다.

그제야 그는 깨달았다.

이들이 목표로 하는 것은 마성장이 아니라 오늘 무림맹주의 서찰을 전하기 위해 마성장을 방문한 유가연이라는 것을.

그리고 흑의인들이 자신의 진로만 막을 뿐 적극적으로 공격하지 않는 것은 시간을 벌기 위함이라는 것도.

'가연이가 머물고 있는 것은 별채. 흑의인들이 시간을 벌고 있다는 것은 이미 별채로도 움직였다는 것이군. 길게 끌 시간이 없다.'

별채에 머물러 있는 유가연에게까지 생각이 미치자 철무경의 마음이 급해졌다.

그래서인지 그가 휘두르는 도의 움직임이 지금까지와는 비교할 수 없을 정도로 패도적으로 변했다.

다가오는 검날을 후려친 철무경이 도신을 아래에서 위로 쳐 올렸다.

그리고 이번에도 어김없이 그의 도신의 진로를 방해하기 위해 두 자루의 검이 떨어져 내리고 있었다.

쩡!

쩌엉!

하지만 이번에는 지금까지와 달랐다.

본신의 내력을 아낌없이 쏟아 부은 철무경의 도신은 두 자루의 검과 부딪치자마자 검신을 부러뜨려 버렸다.

예상치 못했던 의외의 상황에 흑의인들이 당황한 찰나의 순간 생사를 갈랐다.

서걱!

풀썩!

순식간에 세 명의 흑의인의 목을 베어 쓰러뜨렸지만 철무경에게는 여전히 여유가 없었다.

"강 총관!"

곳곳에서 난전이 벌어지고 있는 가운데 철무경이 소리를 질렀다.

그리고 그의 외침을 들은 듯 검을 든 강 총관이 그를 향해 다가왔다.

"상황은?"

"화재로 인해 전각 몇 채가 손실되었습니다. 그리고 폭발의 여파로 열이 넘는 문도들이 화를 피하지 못하고 죽거나 큰 부상을 입었습니다. 다행히 난전이 펼쳐진 이후로는 상황이 호각세를 이루고 있습니다."

정신을 차릴 수 없을 정도로 급박하게 돌아가고 있는 상황이었지만, 마성장의 총관을 맡고 있는 강 총관은 비교적 침착하게 전황을 분석하고 있었다.

하지만 철무경은 다행이라는 강 총관의 말에 동의할 수 없었다.

"별채 쪽의 상황은?"

"별채라면… 설마……?"

그리고 강 총관은 갑자기 별채의 상황을 묻는 철무경의 이야기를 듣자마자 흑의인들이 노리고 있는 것을 파악했다.

"설마 그들이 노리는 것이……."

"아마 그럴 걸세."

"열 명 가량의 문도가 유사시를 대비해 호위를 하고 있었지만 아무래도 그들로는 부족할 듯……."

"그래, 부족하지."

"장주님!"

"별채 쪽으로는 내가 직접 움직이겠네. 강 총관은 우선 집으로 돌아간 문도들에게 연락을 취해서 최대한 빨리 불러 모으고 무공을 모르는 식객들의 안전을 확보하는 데 주력하도록."

"알겠습니다."

"지금의 상황은 위급한 만큼 자네 혼자서는 힘에 부칠 터이니 손 아우에게 도움을 청하게."

"네!"

잔뜩 굳어 있던 강 총관의 얼굴에 순간 화색이 돌았다.

상황이 워낙 다급해서 며칠 전 철무경의 초대를 받고 이곳에 머물고 있는 그를 잊고 있었다.

분명 그라면 이 상황을 타개하는 데 큰 도움이 될 것이 틀림없었다.

"시간이 없다! 서두르도록!"

재빨리 지시를 내린 철무경이 앞을 가로막는 흑의인들을 베어 넘기며 별채 쪽으로 이동했다.

퍼엉!

"적의 침입이다!"

터져 나오는 폭음과 마성장의 문도들이 고래고래 소리를 지르는 것을 듣자마자 허민규가 급히 검을 들었다.

그런 허민규의 얼굴에 낭패한 기색이 떠올랐다.

방심의 허를 찔렸다.

열혈도제 철무경과 사백이 넘는 문도들이 지키고 있는 마성장이다.

유가연이 마성장으로 들어선 이상, 더 이상의 위험은 없을 것이라 방심했던 것이 그의 실수였다.

유정생의 명으로 유가연의 호위를 나선 인원은 자신까지 포함해 총 스물한 명.

하지만 마성장에 도착하기 전까지 며칠 동안 긴장 속에서 보내느라 지친 대부분의 수하들에게 휴식을 준 상황이었다.

현재 마성장 내에 들어와 있는 인원은 허민규를 포함해 다섯뿐이었다.

"수하들이 머물고 있는 객잔까지의 거리는 얼마나 되지?"

"넉넉잡아 반 시진 정도면 이곳으로 돌아오는 것이 가능합니다."

"반 시진이라? 그때는 이미 상황이 끝난 후일 것이다. 그들은 포기한다."

"알겠습니다."

"지금 움직일 수 있는 인원은 우리가 전부다. 각자 위치를 확보하고 아가씨의 안전을 최우선으로 한다."

"넷!"

"좋아, 시간이 없으니 움직인다."

네 명의 수하가 거의 동시에 사라졌지만 자그마한 소리도 들리지 않았다.

홀로 남은 허민규도 머지않아 움직였다.

하지만 그는 아직 유가연의 앞에 모습을 드러낼 생각이 없었다.

유가연의 안전을 확보하는 것과 마찬가지로 마지막 순간까지 될 수 있으면 유가연의 앞에 모습을 드러내지 말라는 것도 그가 받은 명이었으니까.

허민규의 신형도 기척을 감춘 채 어둠 속으로 사라졌다.

"들어가겠습니다."

"그래요."

서옥령의 허락이 떨어지자마자 문이 열리고 서문유가 들어섰다.

"대체 무슨 일이에요?"

그리고 서문유가 들어서자마자 유가연이 불안한 기색을 감추지 못 하고 서둘러 물었다.

하지만 별채에 틀어박혀 있던 서문유로서도 정확한 상황은 알지는 못했다.

대충 짐작만 하고 있을 뿐이었다.

"누군가가 마성장에 침입한 것 같습니다.

"대체 누가요?"

"확신할 수는 없습니다만 사도맹이 아닐까 싶습니다."

"사도맹? 하필이면 왜 지금 사도맹이 마성장으로 쳐들어온 거예요?"

"그건……."

"……?"

"우리가 마성장에 왔기 때문이지요."

"네?"

"좀 더 정확히 말하면 아가씨가 이곳에 있기 때문입니다."

냉정하다 싶을 정도로 솔직한 서문유의 대답을 듣고서 티 없이 맑은 유가연의 눈빛이 흔들렸다.

"적이다!"

"막아라!"

"크핫!"

"크아아아악!"

유가연이라고 해서 들리지 않을 리 없었다.

그리 멀리 떨어지지 않은 곳에서 들리는 마성장 무인들의 처절한 비명이.

그리고 그 비명을 듣는 순간, 갑자기 가슴에 묵직한 납덩이를 눌러놓은 것처럼 답답해졌다.

무림맹 내에 있을 때는 몰랐다.

그래서 저들의 죽음.

자신과는 아무 상관도 없는 죽음이라고 생각했는데, 아니었다.

자신 때문이었다.

저들은 자신 때문에 죽음을 맞이한 것이다.

아무것도 아닌 자신 때문에.

지금까지 일면식도 없는 자신으로 인해서.

갑자기 아빠의 얼굴이 떠올랐다.

마침내 갑갑했던 무림맹을 벗어난다는 기쁨으로 인해서 환하게 웃고 있는 자신을 향해 손을 흔들고 있던 아빠의 얼굴이.

그 얼굴이 왜 그렇게 씁쓸해 보였는지를, 그리고 왜 그렇게 걱정하고 있었는지를 이제야 조금은 알 것 같았다.

"너 때문이 아니야."

유가연의 흔들리는 마음을 알았을까? 서옥령이 다가와 유가연을 위로해 주었다.

하지만 유가연은 아무것도 들리지 않았다.

허물어지듯 바닥에 주저앉았다.

이럴 시간이 없다고 서문유가 말했지만 그저 멍했다.

그리고 자꾸만 움츠려들었다.

처음 손끝에서 시작된 떨림이 점차 온몸으로 번져 나갔다.

우두둑.

목뼈가 부러지는 소리.

힘없이 허물어지는 마정장의 문도에게는 일별도 주지 않고 염철악은 거침없이 걸음을 옮겼다.

별채를 지키고 있던 마성장의 문도 수는 모두 합쳐 열 명밖에 되지 않았다.

그리고 염철악에게 그들은 안중에도 없었다.

비록 근래 들어서 급격히 명성을 쌓아가고 있는 마성장이라고 하나, 일 년이란 시간은 긴 시간이 아니었다.

겉으로 드러난 규모는 키울 수 있겠지만, 내실까지 착실히 다지기에는 결코 충분하지 않은 시간이었다.

아직 철무경이 전수한 무공을 제대로 익히지 못한 마성장의 무인들을 처리하는 데는 불과 반 각도 걸리지 않았다.

"너무 쉽군."

"아직 방심하기에는 이릅니다. 유가연을 지키기 위해 함께 나온 호위무사들이 있을 것입니다."

"알고 있다. 이곳을 벗어나려고 시도할 것이 틀림없으니 수하들을 배치시켜 쥐새끼 한 마리도 빠져나가지 못하게 만들도록."

"하지만 수하들의 수가 부족합니다. 그들을 돌린다면 정면으로 치고 들어갈 자들의 수가 줄어들게 됩니다."

"그 어린아이를 잡는 것은 너와 나 둘이서 한다."

"하지만……."

"그만! 자넨 내가 누구인지 잊었는가?"

염철악이 의식적으로 뿜어내는 강한 살기를 접한 적운평이 어쩔 수 없다는 듯이 고개를 끄덕였다.

"그대로 지시하겠습니다."

"그래, 그럼 우린 움직이도록 하지."

그제야 살기를 거두고 다시 움직이는 염철악의 등을 보며 적운평의 안색이 어둡게 변했다.

염철악의 말은 틀리지 않았다.

그는 사도맹 서열 이십위에 올라 있을 정도로 강했다.

비록 이곳에서 합류하기로 했던 태사령 임무성에 비하면 조금 약했지만, 그렇다고 해서 그가 약한 것은 결코 아니었다.

하지만 임무성을 기다리지 않고 조금은 과하다 싶을 정도로 서두르는 이유는 따로 있다는 것을 적운평은 모르지 않았다.

이번 일은 폐관 수련 중인 맹주님을 대신해 사도맹을 이끌고 있는 소가주가 직접 추진한 일이다.

소가주의 관심이 쏠려 있는 것은 당연한 일이었고, 염철악은 소가주의 신임을 얻을 수 있는 이번 기회를 태사령 임무성에게 빼앗기고 싶지 않았다.

'표면적으로 유가연의 호위무사로 알려진 것은 청룡단의 부단주인 서문유라는 자. 하지만 정작 신경이 쓰이는 것은 보이지 않는 곳에서 유가연을 호위하고 있을 자들이다.'

"드디어 찾았군."

쾅!

염철악이 거칠게 발로 걷어찬 방문이 부서져 나가는 소리를 듣고서 적운평이 상념에서 깨어났다.

그리고 염철악의 뒤를 따라 방 안으로 들어선 적운평의 눈에 가장 먼저 들어온 것은 멍하니 방의 가운데에 주저앉아 있는 소녀의 모습이었다.

'겁에 질린 건가?

그 모습을 보며 적운평은 '범부 밑에 견자 없다' 라는 말이 틀렸다는 생각을 했다.

그리고 그 소녀의 앞에 서서 이를 악물고 검을 들고 있는 서문유를 확인하고서 적운평은 눈을 빛냈다.

절대 물러나지 않겠다는 기세는 좋았지만 그게 다였다.

싸움의 승패를 가르는 것은 기세다.

수많은 고수들이 했던 이야기였지만 그 말은 틀렸다.

기세로 승패가 갈리는 것은 무공의 수준이 어느 정도 엇비슷한 자들끼리의 대결에 한해서였다.

서문유라는 자의 무공이 젊은 나이를 감안하면 강하다고 할 수 있었지만, 염철악과는 분명 차이가 컸다.

그 현격한 무공 수위의 차이는 기세 따위로 극복할 수 있는 것이 아니었다.

그리고 그 사실은 금세 눈앞에 드러났다.

염철악과 마주한 순간 느꼈을 압박감.

숨이 막힐 정도로 패도적인 그 압박감을 견디기 힘들었는지 진득하게 기다리지 못하고 먼저 움직인 것은 서문유였다.

서문유가 익힌 것은 쾌검.

검집에서 검을 빼내는 발검에서부터 염철악의 가슴을 노

리고 검을 뻗어내는 일련의 과정.

눈 깜짝할 사이 이뤄진 그 일련의 과정은 전혀 군더더기를 찾을 수 없을 정도로 완벽에 가까웠지만 염철악의 눈은 서문유의 쾌검에서 떨어지지도 않았고, 놓치지도 않았다.

채앵!

염철악의 왼손 손등이 검신의 옆면을 때렸다.

충격으로 인해 검의 진로가 바뀌며 서문유의 신형도 순간 균형을 잃었다.

그 틈을 놓치지 않고 염철악의 오른손이 파고들었다.

퍼엉!

제대로 일장을 얻어맞은 서문유가 몇 걸음이나 밀려난 후, 결국 견디지 못하고 바닥으로 쓰러졌다.

생각보다 훨씬 쉽게 끝난 대결.

적운평이 바닥으로 쓰러지는 서문유를 바라볼 때, 전각 밖에서 비명 소리가 울려 퍼지기 시작했다.

그리고 그 비명 소리를 들은 적운평의 표정이 굳어졌다.

서걱.

옆구리에서 전해지는 서늘한 느낌.

동시에 전신에서 힘이 빠져나가는 느낌이 들었지만, 이를 악문 철무경의 도는 끝까지 흔들리지 않고 흑의인의 목을 베고 지나갔다.

서격.

"스물둘!"

힘없이 쓰러지는 흑의인을 바라보며 철무경은 별채에 도
착하기까지 자신이 죽인 흑의인의 수를 헤아린 후 쓴웃음을
지었다.

처음 전각을 세울 때 별채를 너무 떨어진 곳에 배치했다는
자책을 하며.

그런 철무경의 표정이 이내 굳어졌다.

지금은 한시가 급한 상황이었다.

비교적 깊은 옆구리의 상처에서 흐르는 피를 지혈할 엄두
도 내지 못하고 별채 안으로 신형을 날린 철무경이 얼마 지나
지 않아 멈추었다.

유가연을 지켜야 할 호위무사인 서문유가 바닥에 쓰러져
있는 것이 보였다.

그리고 방의 한가운데 주저앉아 있는 유가연의 모습도.

그나마 다행인 것은 얼핏 살핀 유가연에게 외상은 보이지
않는다는 것이었다.

"괜찮으냐?"

늦지 않았다는 생각에 안도의 한숨을 내쉬며 방 안으로 들
어서던 철무경이 앞을 가로막는 자를 확인하고 다시 걸음을
멈추었다.

"조금만 더 늦었으면 만나지도 못했을 뻔했군요."

자신의 등장에도 불구하고 전혀 당황하지 않고 느긋하게 입을 여는 사내를 보고 철무경이 가볍게 숨을 들이켰다.

낯이 익은 자였다.

비록 십여 년 전 먼발치에서 한 번 본 것이 다였지만.

"칠성검사(七星劍士) 염철악!"

답답한 음성이 철무경에게서 흘러나왔다.

십여 년 전 만났을 당시만 해도 염철악의 명성은 크게 알려지지 않았다.

그러나 그로부터 십여 년이 흐른 지금은 상황이 완전히 달라졌다.

사도맹 서열 이십위.

하지만 세간에서는 염철악이 본 실력을 감추고 있을 뿐, 제 실력을 온전히 드러낸다면 사도맹 내에서의 서열이 더 올라갈 것이라는 평가까지 있었다.

"천하에 명성이 자자하신 열혈도제(熱血刀帝) 철무경 대협께서 제 이름을 기억해 주시니 이거 영광이로군요."

"이번 일을 벌인 것은 역시 사도맹이었군. 마성장과 사도맹 사이에 특별한 원한이 있다고는 생각지 않는데 이런 일을 벌인 이유가 뭔가?"

불편한 심기를 드러내듯 철무경의 언성이 조금 높아졌다.

그러나 염철악의 얼굴에 떠올라 있는 희미한 웃음은 여전히 사라지지 않았다.

"조금 진정하시지요. 여기까지 서둘러 오시는 도중 상처를 입으신 것 같은데 그렇게 흥분하시다가는 덧나는 수가 있습니다. 그리고 미리 말씀드리지만 저희는 마성장에는 아무런 원한이 없습니다."

"……."

"어느 정도 파악하고 계시겠지만 우리가 이곳을 찾은 이유는 저 어린 아가씨 때문입니다. 잔뜩 겁에 질려 있는 저 어린 아가씨를 데려가게 허락해 주신다면 저희는 조용히 물러나겠습니다."

염철악이 말하고 있는 어린 아가씨는 물론 유가연이었다.

그것을 모를 리 없는 철무경이 코웃음을 치며 대답했다.

"본 장에 찾아온 손님을 데려가겠다?"

"필요하니까요."

"거절한다면?"

"글쎄요. 철 대협이야 현명한 분이니 그런 결정은 내리지 않으시겠지만 혹시나 해서 말씀드리지요. 최악의 경우, 마성장을 강호에서 지울 생각입니다."

일말의 망설임도 없이 흘러나온 대답을 들은 철무경의 얼굴이 붉게 상기되었다.

"그 아이는 마성장을 찾아온 손님이기 이전에 내 친조카와 다름없는 아이지. 내 대답은 당연히 거절이다."

"후회하실 텐데요?"

"글쎄, 과연 그럴까?"

"아, 오해하지 말고 들으세요. 철 대협이야 워낙에 실력이 있으신 분이니 저 정도야 감당하실 수 있겠지만 저 친구는 누가 막을까요? 저 친구가 저렇게 약해 보여도 사도맹 서열 오십위 내에 드는데……."

조롱하듯 꺼내는 염철악의 이야기.

하지만 철무경은 가볍게 흘려들을 수 없었다.

물론 직접 싸워보기 전에는 승패를 예측할 수 없는 것이 고수들의 대결이다.

그러나 염철악의 명성은 허명이 아니었다.

정상적인 상황에서 맞닥뜨린다 하더라도 승리를 장담하기 힘든 상대.

게다가 철무경은 부상까지 입은 상태였다.

아무리 낙관적으로 판단한다 하더라도 단시간에 승부를 내기는 어려웠다.

당연히 염철악과 함께 있는 자까지 신경 쓰는 것은 무리였다.

"더 기다려 드리고 싶지만 안타깝게도 저희에게 시간이 별로 없습니다. 마지막으로 묻겠습니다. 저 어린 아가씨를 내주시겠습니까?"

철무경의 시선이 다시 유가연에게로 향했다.

여전히 바닥에 주저앉아 있는 유가연은 무슨 일인지 몰라도 큰 충격을 받은 듯했다.

아니, 어쩌면 겁이 났을지도 몰랐다.

늘 유정생이 만들어준 따뜻하고 안전한 울타리를 벗어난 뒤 맞이한 지금의 어려운 상황은 유가연을 당황시키기에 충분할 테니까.

'죽을지도 모른다!'

철무경이 쓴웃음을 지었다.

자신이 세운 마성장 안에서 이런 곤란한 상황에 처하게 될 것이라고는 꿈에도 생각지 못했기에.

어차피 답은 정해져 있었다.

다만 그 대답을 꺼내기가 어려웠을 뿐.

마침내 철무경이 대답하려는 순간 서옥령이 나섰다.

"저자는 제가 상대하겠습니다."

지금까지 흘러가는 모든 상황을 보았음에도 불구하고 서옥령의 목소리는 일점의 흔들림도 없이 차분했다.

오히려 철무경이 놀랄 정도로.

"네가?"

"물론 이길 자신은 없습니다. 최대한 버틸 수 있는 데까지는 버텨보겠습니다."

믿어도 될까?

철무경의 눈빛이 흔들렸다.

확신이 서지 않았다.

서옥령이 무공을 익혔다는 이야기는 들었지만, 그녀의 스

승이 누구인지, 그리고 무공 수위가 어느 정도인가에 대해서
는 전혀 알려지지 않았다.

하지만 지금으로서는 다른 마땅한 방법이 없었다.

서옥령을 믿는 수밖에는.

"내 대답은 처음부터 하나, 거절하겠네."

서옥령을 향해 가볍게 고개를 끄덕인 철무경이 마침내 대
답을 꺼냈다.

"쿨럭."

서문유는 어떻게든 몸을 일으키려 했지만 쉽지 않은 듯 보
였다.

게다가 그가 기침을 할 때마다 붉은 피가 섞여 나오는 것을
보고서 서옥령은 확신했다.

서문유는 더 이상 이 상황에서 도움이 될 수 없다는 것을.

서옥령의 시선이 염철악을 지나 그의 곁에 서 있는 인물에
게 멈추었다.

염철악이 뿜어내는 기세가 워낙 강렬했기에 그 존재감이
조금 묻혔을 뿐, 저 사내도 대단한 고수였다.

그리고 서옥령은 저 사내의 정체를 이미 알고 있었다.

폭혈마창(暴血魔槍) 적운평.

근처 시전에만 가도 언제라도 볼 수 있을 정도로 평범한 외모
와 달리 창을 든 적운평은 거칠기 그지없다고 알려져 있었다.

사도맹 서열 사십삼위.

염철악에 비한다면 실력이 조금 떨어진다 해도, 서옥령이 감당하기에는 분명히 벅찬 상대였다.

그러나 피할 수 없는 상황.

스르릉.

그녀의 허리에 요대처럼 걸려 있던 연검이 풀려 나왔다.

스승님과는 그 수를 헤아릴 수 없을 정도로 많은 비무를 경험했다.

하지만 승부의 결과에 의해 생사가 갈리는 절체절명의 순간에 무공을 펼치는 것은 처음이었다.

그래서일까?

긴장으로 인해 자꾸만 검을 쥔 손에 힘이 들어갔다.

'실전이 아니라 수련이라고 생각하자.'

애써 그 긴장감을 떨치기 위해 노력하며 서옥령이 먼저 검을 휘둘렀다.

내키지 않는 듯 얼굴을 찌푸리고 있던 적운평이 슬쩍 옆으로 물러나며 피하려 했지만, 서옥령의 손에 들린 것은 연검.

파괴력은 분명 일반 장검에 비해서 떨어지지만, 연검의 장점은 유연함이었다.

서옥령의 손에 들린 연검이 순간 부러질 정도로 크게 휘어지며 적운평이 몸을 피하고 있는 쪽으로 방향을 바꾸었다.

"흐음!"

가벼운 탄성과 함께 적운평이 자신의 허벅지 어림을 내려다보는 것이 보였다.

　예상치 못한 순간 방향을 바꾸어 파고든 서옥령의 연검으로 인해서 적운평의 옷자락이 길게 베어져 나갔다.

　그리고 적운평의 표정이 순간 굳어지는 것이 보였지만, 서옥령의 눈빛에 득을 취했다고 기뻐하는 기색은 없었다.

　서옥령이 노린 것은 방심의 허.

　순간적으로 적운평이 드러낸 방심의 허를 놓치지 않기 위해 이 한 번의 공격에 전력을 쏟아부었건만 베어낸 것은 적운평의 옷자락뿐이었다.

　더 이상은 방심하지 않겠다는 의지를 보여주듯이 적운평이 등 뒤로 비스듬히 메고 있던 창을 들어 올렸다.

　그리고 그저 창을 든 것에 불과하지만 적운평의 기세가 일변했다.

　"요화 서옥령, 날카로운 손톱을 숨기고 있었군."

　"……."

　"저 어린 아가씨뿐만 아니라 너도 소가주님께 좋은 선물이 되겠군."

　적운평의 입가로 희미한 웃음이 스치고 지나갔다 싶은 순간, 적운평의 손에 들린 창이 파고들었다.

　창두가 닿기에는 거리가 한참이나 남아 있었지만, 먼저 창에 실린 기운이 서옥령을 압박하고 있었다.

그리고 그 무형의 기운은 거리를 계산하기 어렵게 만들었다.

거리의 계산이 어려워진 순간 생기는 당혹감.

당황한 눈빛을 감추지 못한 채 서옥령이 본능적으로 뒤로 물러났다.

그리고 그것이 실전 경험이 부족한 그녀의 치명적인 실수였다.

뒤로 물러나며 기세에서 밀렸다.

뒤늦게 연검을 뻗었지만 적운평이 내지르고 있는 창에 실린 기운은 단순했지만 패도적이었다.

그 패도적인 기운에 부딪치는 것은 도저히 무리라는 판단을 내린 서옥령의 연검이 부드러운 원을 그렸다.

조금씩 흩어지는 패도적인 기운.

간신히 창에 실린 패도적인 기운을 흐트러뜨린 후 서옥령이 안도의 한숨을 내쉬기도 전에 적운평의 창의 움직임이 변했다.

"참격!"

허공에서 잠시 멈추었던 창이 이번에는 마치 도처럼 떨어져 내렸다.

또다시 한 걸음을 물러나며 창의 위력이 닿는 부분을 벗어났지만, 적운평의 공격은 그때부터가 시작이었다.

숨 쉴 틈도 주지 않고 몰아붙이는 연환 공격.

연검을 휘두르며 강맹한 기운을 흩뜨리며 간신히 막아내고 있던 서옥령의 눈빛이 한순간 흔들렸다.

'허초!'

왼쪽 다리를 노리고 파고들던 창두를 막아내기 위해 연검을 휘둘렀지만 헛되이 허공만을 갈랐다.

대신 창대가 서옥령의 등을 후려쳤다.

창대에 실린 힘을 감당하지 못하고 서옥령의 신형이 밀려났다.

간신히 멈추어 섰지만 아직 위기는 끝나지 않았다.

죽이지는 않겠지만 적어도 움직이지 못하겠다는 의지가 담긴 일격.

급한 대로 연검을 휘둘러 다가오는 창두를 밀어내려 했지만 제대로 힘이 실리지 않은 연검은 오히려 밀려났다.

연검을 밀어내며 끝까지 다가온 창두가 서옥령의 허벅지에 상처를 남겼다.

비틀.

순간적으로 다리에서 힘이 풀린 서옥령이 비틀거리는 순간, 이제 승부는 끝났다는 듯 적운평의 창이 다가왔다.

도저히 피할 수 없다는 판단을 내린 서옥령이 분한 마음을 감추지 못하고 눈을 감을 때, 적운평의 창이 허공에서 멈추었다.

그리고 의아한 마음에 슬며시 눈을 뜬 서옥령의 눈에 가장 먼저 보이는 것은 창두를 막고 있는 숟가락이었다.

第六章
태사령(太司領) 임무성

共同
傳人
공동전인

이것저것 잴 여유가 없었다.

서옥령을 향해 파고들고 있는 창두를 보자마자 마음이 급해서 오른손에 들고 있던 숟가락부터 들이밀었다. 그와 동시에 사무진이 인상을 썼다.

창두에 실린 힘은 강했다.

손아귀가 찢어질 정도로 아팠다.

하마터면 숟가락을 놓칠 뻔했을 정도로.

그래도 죽을힘을 다해 버텼다.

차마 서옥령을 죽게 내버려 둘 수는 없었으니까.

간신히 창두가 멈춘 것을 확인하자마자 사무진은 왼팔에

끼고 있던 중년인을 바닥에 내동댕이쳤다.

"어이쿠!"

바닥에 떨어지자마자 중년인이 허리를 부여잡고 죽을 것처럼 비명을 질러댔지만 사무진은 중년인에게 신경을 쓸 여유가 없었다.

겨우 자유로워진 왼손을 들어서 눈을 동그랗게 뜨고 자신을 바라보고 있는 서옥령의 목덜미를 낚아채며 뒤로 물러났다.

"사 소협!"

당황한 와중에도 자신을 알아보고 소리를 지르는 서옥령의 목소리에는 반가운 기색이 역력했다.

감동한 것처럼.

하긴, 감동해야 했다.

손아귀가 찢어질 것처럼 아픈 것도 억지로 참고 목숨을 구해주었는데.

"왜요?"

"정말……."

살짝 벌리고 있는 서옥령의 입술이 또 촉촉하게 젖어 있었다.

마치 오 년 전 달이 무척이나 밝던 밤에 다리 밑에서 처음으로 사무진의 입술을 훔쳐 갔던 요선이의 입술처럼.

하지만 사무진은 현명했다.

지금 순간의 충동을 이기지 못했다가 강호의 모든 남성의 미움을 한 몸에 받을 생각 따위는 없었다.

"좀 참아요."

"……?"

게다가 일단은 지금의 상황을 벗어나는 것이 급했다.

"이 사람은 누구예요?"

"사도맹 서열 사십삼위, 폭혈마창 적운평!"

서옥령이 급히 꺼내는 이야기를 들었지만 별 감홍은 없었다.

사도맹 서열 사십삼위라는 말을 들어서 안 것이 아니라, 숟가락으로 창두를 막아낸 순간 깨달았다.

무척 강한 자라는 것을.

물론 목숨을 걸고 맞서 싸울 생각은 없었다.

자신과는 상관도 없는 싸움을 하다가 죽고 싶지는 않았으니까.

"시선 좀 끌어봐요."

숟가락에 의해 공격이 막힌 것이 억울해서인지 잔뜩 화가 난 듯 보이는 적운평을 바라보던 사무진이 서옥령에게 부탁했다.

"네?"

"바지를 살짝 내려 허벅지를 보여준다든지, 매혹적인 표정을 짓든지, 어떻게 하던 간에 좋으니 시선을 좀 끌어봐요."

귓속말을 하며 사무진이 바닥에 뒹굴고 있는 탁자의 파편 몇 개를 주웠다.

그리고 사무진이 시킨 대로 서옥령이 반쯤 입을 벌리고 한쪽 눈을 감았다 뜨는 사이, 사무진이 그 파편을 주위에 내려놓은 후 지체하지 않고 숟가락을 던졌다.

푹.

적운평의 발치 앞에 틀어박힌 숟가락.

처음 암기인 줄 알고 긴장하고 있던 적운평은 한참 후에야 그것이 숟가락이라는 것을 깨닫고 어이없는 표정을 짓고 있었지만, 그것이 그의 실수였다.

"이게 무슨 짓이냐?"

"두고 보면 알아."

"……?"

"숟가락 두 개면… 천하에 가두지 못할 자가 없거든?"

푹.

사무진이 던진 또 하나의 숟가락이 바닥에 틀어박히자마자 적운평의 얼굴이 갑자기 굳어졌다.

그리고 마치 얼어붙은 듯 그 자리에 멈추어 서 있는 적운평을 보고서야 사무진이 안도의 한숨을 내쉬었다.

"다쳤네요."

"저는 신경 쓰지 마세요. 우선 저자부터……."

"아, 저 사람은 걱정하지 말아요. 한동안은 움직이지 못하니까."

서옥령의 목소리는 다급했다.

하지만 사무진은 여유가 있었다.

이번에는 빗나가지 않았다.

아마도 지금쯤 적운평은 집채만 한 파도와 싸우고 있느라 다른 것은 신경 쓸 틈이 전혀 없을 것이 틀림없었다.

서옥령의 얼굴에는 도무지 이해할 수 없다는 표정이 떠올라 있었지만 자세히 설명하기도 귀찮았고 그럴 정도로 여유 있는 상황도 아니었다.

그래서 슬쩍 웃음을 지어준 사무진은 그제야 장내의 상황을 제대로 살피기 시작했다.

철무경이 정체를 알 수 없는 자와 함께 금방이라도 피가 튈 정도로 치열하게 싸우고 있었고, 서문유는 누구한테 얻어맞았는지 바닥에 쓰러져 있었다.

그리고 유가연은 마치 넋이 나간 사람처럼 멍하니 바닥에 주저앉아 있었다.

혹시 머리를 얻어맞은 것이 아닐까 하는 걱정이 될 정도로.

아, 그리고 한 명 더 있었다.

사무진이 데리고 온 중년인.

조금 전에 바닥에 내동댕이쳐져진 후 허리를 부여잡고서 죽는 소리를 하고 있던 중년인의 모습이 사라졌다.

물론 멀리 간 것은 아니었다.

슬금슬금 눈치를 살피며 기어가서 간신히 방을 벗어나려 하고 있었으니까.

힘겹게 잡아온 중년인을 사무진이 순순히 놓아줄 리가 없었다.

그래서 중년인의 목덜미를 다시 잡아채서 끌고 왔다.

"어이쿠!"

"엄살은."

"엄살이 아닐세. 이 나이가 되면 근육만이 아니라 뼈도 약해지는 법일세. 그러니 좀 더 조심스레 다뤄주면……."

"일단 확인부터 하고 나서."

"아이고! 나 죽네, 죽어!"

또다시 엄살을 부리기 시작하는 중년인이었지만 사무진의 두 눈에서 중년인을 동정하는 빛은 전혀 찾아볼 수 없었다.

그대로 노인을 끌고 간 사무진이 유가연의 앞으로 다가갔다.

"저기……."

"……."

"정신 좀 차리면 안 될까?"

조심스레 어깨를 흔들며 유가연을 불러보았지만 그녀의 눈빛은 여전히 멍했다.

마치 아무것도 들리지 않는 사람처럼 대꾸도 없었고.

"곤란한데."

아무 반응이 없는 유가연을 확인하고 좀 더 세게 흔들어보기 위해 그녀의 어깨 위에 손을 얹은 사무진이 순간 흠칫했다.

조금 전에는 경황이 없어서 몰랐는데 유가연의 신형이 가늘게 떨고 있었다.

심한 고뿔에 걸려 오한이라도 온 사람처럼.

아무래도 이상하다는 생각에 사무진이 유가연의 손을 움켜쥐었다.

"누구한테 맞았어?"

"……"

"어떤 놈이야? 걱정하지 말고 말만 해. 내가 가서 혼내줄 테니까."

"……"

"정말이야. 그리고 이젠 걱정 마. 내가 옆에 있으니까. 그러니까 정신 좀 차려봐. 확인해 줘야 할 것이 있으니까."

"……"

"상황이 좀 급하거든. 진짜로 내가 지켜줄 테니까 걱정하지 마."

사무진의 간절한 마음이 전해졌을까?

심하게 떨리고 있던 손끝의 떨림이 잦아들었다.

그리고 멍하기만 하던 유가연의 눈에 초점이 돌아왔다.

미안했다.

자신과 아무런 상관도 없는 사람들이 자신으로 인해서 죽어가는 것이.

그런데 할 수 있는 것이 아무것도 없었다.

그냥 이렇게 움츠려드는 것밖에는.

눈을 감아버리고 싶었다.

귀를 막아버리고 싶었다.

그리고 외면하고 싶었다.

지금 벌어지고 있는 일과는 아무 상관도 없는 사람처럼.

다행히 그녀의 바람은 효과가 있었다.

눈을 감지 않았음에도 불구하고 어느 순간부터 초점이 흐려지면서 모든 것이 제대로 보이지 않기 시작했다.

고막이 터져 나갈 정도로 괴롭히고 있던 비명 소리와 병장기가 부딪치는 굉음도 잦아들더니 아무것도 들리지 않게 되었다.

그러자 이번에는 갑자기 무서워졌다.

혼자가 되었다는 생각에.

그 순간 가장 먼저 떠오른 것은 이번에도 아빠의 얼굴이었다.

어릴 때부터였다.

어떤 나쁜 놈들이 찾아온다 하더라도 아빠가 곁에 있는 한 절대 무섭지 않았다.

아빠는 강했으니까.

그리고 누구보다 따뜻했으니까.

어쩌면 그녀는 자신도 모르는 사이 모든 것을 아빠에게 기대고 있었는지도 몰랐다.

그것을 그녀만 알지 못했을 뿐.

하지만 지금 유가연은 누구보다 잘 알고 있었다.

아빠는 이곳에 올 수 없다는 것을.

그래서 다시 두려움이라는 절망 속으로 빠져들 무렵, 누군 가가 어깨를 흔들면서 소리치는 것이 들리기 시작했다.

"…내가 옆에 있으니까……."

제대로 들리지 않았다.

"…내가 지켜줄 테니까 걱정하지 마."

잠결에 들리는 것처럼 아련한 목소리였으니까.

하지만 유가연은 그게 곧 누구의 목소리인지 깨달았다.

'눈썹 없는 아저씨!'

아빠만큼 강할까?

그건 유가연도 몰랐다.

하지만 자신을 향해 소리치며 약속하고 있었다.

지켜주겠다고.

술에 취한 후 볼 살을 꼬집고, 귀엽다며 머리를 쓰다듬던 아저씨의 손.

그녀의 기억 속에서 그 손은 무척이나 따뜻했다.

이 사람이라면 믿어도 되겠다는 확신이 들 만큼.

"아저씨!"

"……."

"정말 지켜줄 거지?"

"뭐, 그러지. 약속했으니까."

짤막한 한숨을 내쉰 후 자신있게 흘러나오는 목소리를 듣고서 유가연의 마음속을 잠식하고 있던 두려움이 물러갔다.

와락.

그리고 손을 뻗어 아저씨를 끌어안았다.

당황한 듯 움찔하는 기색이 느껴졌지만, 품속을 빠져나오는 대신 오히려 아저씨의 목을 감고 있는 두 손에 힘을 더했다.

"그래, 이제 괜찮아."

그런 그녀의 등을 두드려 주는 아저씨의 손길은 여전히 따뜻했다.

그 따뜻한 손길이 그렇게 든든할 수가 없다는 생각이 들었다.

"아주 잘 어울리는 한 쌍이군."

그리고 그제야 다른 사람의 얼굴이 보였다.

염소수염을 기른 중년인.

아무래도 본 기억이 없는 자였다.

"그런데 이 사람은 누구야?"

좀 일찍 말해주었으면 좋았을 것을.

물론 이제는 늦어도 한참 늦었다.

눈치를 살피는 것처럼 눈알을 이리저리 굴리고 있는 중년인을 바라보던 사무진이 한숨을 내쉬었다.

그래, 진즉에 눈치챘어야 했다.

화공 윤담이라고 생각하기에는 너무도 젊다는 것을.

철무경과 헤어지자마자 사무진이 가장 먼저 달려간 곳은 마성장의 식객들이 머무는 전각이었다.

사무진에게 가장 중요한 것은 마성장의 안위 따위가 아니라 화공 윤담을 찾는 것이었으니까.

하지만 사방에서 난전이 펼쳐지고 정신이 없는 와중에 어떻게 생긴 줄도 모르는 화공 윤담을 찾는 것은 결코 쉬운 일이 아니었다.

무작정 전각 안으로 뛰어들어 갔다.

그리고 여기저기 방을 뒤지다가 이 중년인을 발견했다.

먹물이 채 마르지도 않은 붓을 들고서 겁에 질려서 오들오들 떨고 있던 중년인.

그 중년인의 앞에 놓인 화선지에는 조금 전까지 그리던 것처럼 보이는 누런 호랑이 한 마리가 그려져 있었다.

한눈에 보아도 범상치 않은 그 그림을 보고 사무진은 이 중년인이 화공 윤담이 아닐까 하고 생각했다.

"혹시 화공 윤담?"

"그게……."

"솔직히 말해요. 만약 아니라면 빨리 다른 곳으로 찾으러 가야 하니까."

겁에 질린 채 오들오들 떨고 있던 중년인이 눈을 이리저리 굴리기 시작했다.

하지만 사무진에게는 오래 기다려 줄 여유가 없었다.

"아니면 말고."

"잠깐만 기다리게. 나를 데려가게."

"맞아요?"

"믿게."

고개를 끄덕이는 중년인의 말을 반쯤 믿었다.

사실 그 순간에는 믿는 방법밖에는 없었다.

그래도 혹시나 하는 생각이 들어서 유가연에게 확인하기 위해 찾아왔는데 역시 잘한 결정이었다.

"화공 윤담. 아냐?"

"아닌데."

"진짜?"

"그럼. 내 기억에 화공 윤담 어르신은 미간에 손톱만 한 커다란 점이 있었는데."

"그랬구나."

유가연의 대답을 듣고서 허탈한 표정으로 고개를 돌린 사무진이 중년인의 멱살을 움켜쥐고 얼굴을 들이밀었다.

"아니라는데요?"

"그게……."

"믿으라면서요?"

"내가 좀 급해서 거짓말을 했네. 하지만 자네는 나를 데리고 온 것을 절대로 후회하지 않을 걸세."

"누군데요?"

"나? 내 이름을 들으면 알 것일세. 홍연민이라고 하네."

"들어본 적 없는데요?"

고개를 갸웃하는 사무진을 보고서 홍연민이라고 이름을
밝힌 중년인이 다시 필사적으로 입을 떼기 시작했다.

"이미 오래전 일이라 자네는 기억을 못할지도 모르겠군.
그게 벌써 이십 년 전의 일이니까."

"들어나 봅시다. 무슨 일인지."

"그게 이십 년 전의 대과에서 벌어진 일이네."

"대과라면 나라에서 보는 시험?"

"그렇지. 그 이십 년 전 대과 시험에서 내가 적어낸 답안지
를 본 장안의 학자들이 하나같이 입을 쩍 벌렸었지. 너무나
뛰어난 답안이라고. 심지어 역사상 가장 뛰어난 답안이라는
얘기도 있었지."

"그러니까 이십 년 전의 대과에서 장원을 차지한 사람?"

"그건 아닐세. 너무나 뛰어난 내 답안을 보고 시기와 질투
를 느낀 자들이 나를 대과에서 떨어뜨렸지."

"그러니까 대과에서 미끄러진 사람?"

"흠, 그런 표현은 너무 사실적인데다가 노골적이지 않은
가? 앞에 있는 내 입장도 조금은 생각해 주게. 그래, 군이 말
하자면 부패한 관료 세상에 대한 꿈을 버리고 세상 속으로 파

고든 인재라고 할까?"

"하긴, 관료들이 부패하긴 했지요."

"그래, 자네도 알고 있군. 그렇게 세상 속으로 뛰어들어 여러 분야에 걸쳐서 다양한 공부를 했지."

"결국 백수?"

"자네는 단어 선택이 너무나 단도직입적이군. 조금 돌려서 다른 표현을 써도 될 텐데. 틀린 말은 아니지만 조금 더 보태면 내 능력을 알아주지 못하는 세상에 대한 복수심으로 자발적으로 선택한 고급 백수일세."

"에휴."

절로 한숨이 나왔다.

이자도 입만 살아 있는 심 노인 못지않았다.

말 하나만큼은 청산유수였다.

더 길게 말하고 싶지도 않았다.

"그래서 지금은 뭐 하는데요?"

"새로운 것을 배워서 일을 시작했네."

"뭔데요?"

"화공 윤담 어르신과 연이 닿아서 그림을 배웠지."

당당하게 꺼내는 대답을 듣고 사무진은 홍연민과 대화를 나눈 이후 처음으로 흥미를 느꼈다.

그래도 화공 윤담과 아무런 상관도 없는 자는 아니었다.

"문신?"

"그렇지."

"많이 배웠어요?"

"화공 윤담 어르신이 돌아가시기 전까지 많이 배웠네."

그런 사무진이 눈을 치켜떴다.

화공 윤담이 죽었다니.

난데없이 날벼락을 맞은 기분이었다.

"화공 윤담이 죽었다고요?"

"그게… 좀 전에 돌아가셨네."

조금 전이라면 마성장에 침입한 흑의인들에게 죽은 것이
틀림없었다.

낭패도 이런 낭패가 없었다.

화공 윤담 때문에 서문유의 느끼한 시선을 억지로 견뎌가
면서 마성장까지 찾아왔는데 허사가 되었다.

그런데 이해가 가지 않는 것이 있었다.

화공 윤담이 죽었다고 말하는 홍연민의 표정.

화공 윤담에게 배웠다고 했으니 제자가 틀림없었다.

그리고 당연히 스승이라고 할 수 있는 자가 죽었으니 슬퍼
해야 하는데 홍연민의 얼굴에는 슬픈 기색이 하나도 없었다.

"슬프지 않아요?"

"뭐가 말인가?"

"화공 윤담이 죽었다면서요?"

"아, 그거 말인가? 조금 슬프기는 하지만 그래도 난 이렇게

살아 있으니 꼭 슬퍼할 일만은 아니지. 그리고……."

"그리고?"

"이제 내가 문신계의 일인자가 된 셈이니 오히려 기뻐할 일이지."

환하게 웃고 있는 홍연민을 사무진이 어이없다는 듯이 바라보았다.

"흐음!"

철무경이 답답한 심정을 담아 탄식을 흘려냈다.

시간이 흐를수록 길게 베었던 옆구리의 상처가 벌어지면서 점점 더 욱신거리고 있었다.

지금까지는 고통을 억지로 참으며 간신히 버텨왔지만 점차 한계에 이르고 있었다.

게다가 지금 상대하고 있는 칠성검사 염철악이 강하다는 것은 철무경으로서도 인정할 수밖에 없었다.

서옥령이 폭렬마창 적운평을 상대하겠다고 나서 주었으나, 철무경의 마음이 편해진 것은 결코 아니었다.

적운평은 사도맹 서열 오십위 내에 드는 고수.

서옥령이 상대하기에는 분명히 벅찬 상대였다.

이기기를 기대하는 것은 과한 욕심이었다.

최대한 오랫동안 버텨주는 것만으로도 그녀의 몫은 충분했다.

그리고 그것을 잘 알기에 철무경은 여전히 마음이 급했다.

빠르게 승부를 내어야 한다는 의무감.

그래서 염철악과의 대결이 시작되자마자 전력을 다했다.

하지만 역시 염철악은 만만한 자가 아니었다.

거친 폭풍처럼 쉴 새 없이 몰아붙이는 철무경의 도세를 유유히 받아넘겼다.

아무것도 모르는 사람이 보기에는 철무경의 일방적인 우세라고 생각하겠지만 당사자인 철무경은 점점 더 초조해질 뿐이었다.

이미 서옥령과 적운평의 싸움에는 신경조차 쓸 수 없는 상황.

출혈이 심해서일까?

힘이 점점 빠져나가는 것을 느끼며 철무경이 입술을 질끈 깨물었다.

이대로 시간이 흐르기를 기다릴 수는 없었다.

그래서 다시 한 번 도를 휘둘렀다.

쩌엉!

철무경의 상황을 이미 알고 있는 듯 여유있는 표정으로 검을 마주 휘둘러 부딪쳤던 염철악의 표정이 순간 굳어지는 것이 보였다.

"흡결!"

부딪친 후 떨어지지 않는 도와 검.

철무경이 던진 승부수는 내력 대결이었다.

얼핏 보아도 철무경에 비해서는 훨씬 나이가 적은 염철악을 확인하고 결심한 것이었다.

초식이 아니라 순수한 내력 싸움이라면 절대 밀리지 않을 것이라는 판단과 함께.

도를 통해 내력을 쏟아붓던 철무경의 입가로 희미한 웃음이 스치고 지나갔다.

도에 실린 내력을 감당하지 못하고 순간적으로 뒤로 밀리는 검.

그것을 확인하고 자신의 판단이 옳았음을 확신했다.

하지만 오산이었다.

처음 내력 대결에서 밀리는 것처럼 보였지만 어느새 해일처럼 거대한 내력이 압박하는 것을 느끼고 철무경의 얼굴이 굳어졌다.

그와 동시에 염철악이 입매를 말아 올리는 것이 보였다.

그 웃음을 확인하자마자 왠지 불안한 느낌을 느끼며 철무경이 간신히 버텨낼 때, 염철악의 입이 열렸다.

"내력 대결이라면 저도 밀리지 않을 자신이 있지요."

"……?"

"그런데 그 몸으로 과연 얼마나 버틸 수 있을지 모르겠군요."

그리고 철무경은 진심으로 놀랐다.

내력 대결을 하면서 입을 여는 것은 치명적인 행동이었다.

내력이 흐트러지기 때문에 금기시하는 것이 일반적이었다.

하지만 염철악은 말을 했다.

그리고 말을 하고 있음에도 불구하고 전력을 다하고 있는 자신과의 내력 대결에서 조금도 밀리지 않았다.

'아직 전력을 다하고 있는 것이 아니다.'

철무경의 안색이 창백하게 변했다.

그랬다.

조금 전, 염철악이 입매를 비튼 것은 비웃음이었다.

그것을 깨닫자 식은땀이 흐르기 시작했다.

예견된 패배.

하지만 방법이 없었다.

한 번 시작하면 도중에 멈출 수 없는 것이 내력 대결이었다.

창백한 얼굴로 내력을 쥐어짜 내는 철무경의 두 눈이 붉게 충혈되기 시작했다.

"숙부님을 도와줘!"

유가연이 부탁했지만 곧이곧대로 들어줄 사무진이 아니었다.

"내가 왜?"

당연히 퉁명스럽게 대답했다.

아까 얼핏 듣기로 적운평이라는 자가 사도맹 서열 사십삼 위라고 했다.

그리고 염철악은 그런 적운평이라는 자를 수하처럼 대했다.

그 말은 적어도 적운평보다 강하다는 뜻.

철천지원수지간도 아닌데 괜히 그런 자와 원한을 만들 필요가 없었다.

하지만 유가연도 쉽게 포기하지 않았다.

"기억 안 나?"

"뭐가?"

"지켜준다면서."

"그거야 널 지켜준다는 거였잖아."

물론 기억이 났다.

하지만 그것은 급한 마음에 그냥 해본 말이었다.

일단은 홍연민이 화공 윤담이 맞는가를 확인하기 위해서.

사무진이 아무리 생각해 봐도 철무경을 도와줄 이유는 없었다.

"내 얘기 잘 들어."

"……?"

"지금 뭔가 크게 오해하고 있는 것 같은데, 숙부님과 싸우고 있는 저 나쁜 놈은 엄청 강해. 지금이야 숙부님이 버티고 있지만 만약 숙부님이 무너지면 저 나쁜 놈이 누구를 노릴 것 같아?"

"서 소저?"

"틀렸어. 나야."

"왜 서 소저가 아니라 너를 노리는 거지?"

"벌써 잊었어, 우리 아빠가 누구인지? 물론 그 이유만 있는 것은 아니야. 내가 예쁜 것도 이유가 되지."

처음 말은 어느 정도 이해가 갔다.

하지만 덧붙인 말은 도저히 인정할 수 없었다.

"너는 예쁜 게 아니라 귀여운 거라니까."

"시끄러워. 어쨌든 생각을 해봐. 지금이야 숙부님이 저 나쁜 놈을 상대하고 있지만 숙부님이 쓰러지면 누가 저 나쁜 놈을 상대하겠어?"

"설마 나?"

"당연하지. 아저씨가 아니면 저기 쓰러져 있는 서 소협이 할까, 아니면 다친 옥령 언니가 할까?"

뭐가 당연한지는 모르겠지만 슬슬 말린다는 느낌이 들었다.

잘못하다가는 꼼짝없이 자신이 저 나쁜 놈을 상대해야 할지도 모른다는 불안한 마음이 들기도 했고.

"이길 수도 있잖아?"

"질 수도 있지."

"그래도……."

"지금이 기회야. 지금 숙부님과 저 나쁜 놈이 내력 대결을 시작한 만큼 함부로 움직이지 못하거든."

"확실해?"

"뭐가?"

"움직이지 못한다는 것 말이야."

"그럼."

확신 어린 목소리로 대답하는 유가연을 보고 마음이 흔들렸다.

까짓것, 어려운 것도 아니었다.

슬금슬금 다가가서 신병이기 숟가락으로 한 대 때리고 오는 것쯤은.

"알았어."

어쩔 수 없이 사무진이 일어섰다.

그리고 품속에서 숟가락을 꺼내 오른손에 움켜쥔 사무진이 느릿느릿 걸음을 옮기기 시작했다.

'끝났군!'

붉게 상기되어 있는 철무경의 얼굴을 보며 염철악은 확신했다.

내력이 고갈되어 가고 있는 철무경이 버틸 수 있는 시간은 고작해야 반 다경도 되지 않는다는 것을.

지금까지 철무경과 치열한 대결을 하느라 정신이 없었지만, 이제 여유가 생기자 주변 상황이 눈에 들어왔다.

그리고 그런 염철악의 얼굴이 순간 굳어졌다.

처음 보는 놈이 다가오고 있었다.

분명히 철무경과 대결을 하기 전까지는 본 적이 없는 자인데.

'단검?'

그리고 다가오고 있는 젊은 놈의 손에 들린 번쩍이는 뭔가가 단검이라고 생각한 염철악이 일순 긴장했다.

그와 동시에 화가 치솟았다.

염철악은 혼자서 이곳에 온 것이 아니었다.

적운평과 함께였다.

게다가 적운평이 상대한 것은 고작해야 서옥령이라는 어린 계집 하나였다.

그 어린 계집을 죽이고 진즉에 자신을 도우러 왔어야 정상이다.

그래서 시선을 돌려서 적운평의 모습을 확인한 후 염철악은 당황했다.

아니, 기가 막혔다.

적운평은 제자리에 서서는 마치 물에 빠진 사람처럼 혼자서 기진맥진한 채 허우적대고 있었다.

애병까지 바닥에 내팽개친 채.

그리고 이미 제정신이 아닌 것처럼 보이는 적운평에게 뭔가를 기대하기는 아무리 봐도 틀렸다는 생각이 들었다.

그래서 염철악이 다시 다가오고 있는 젊은 놈에게로 시선을 던졌다.

그런 염철악의 시선이 일순 빛을 발했다.

단검이라 생각했는데 단검이 아니었다.

앞이 둥글고 뭉툭한 단검은 없으니까.

'숟가락!'

혹시나 잘못 본 것이 아닌가 해서 다시 한 번 보고서야 확신했다.

숟가락이 맞았다.

그것을 깨달은 순간, 염철악이 고민하기 시작했다.

지금의 자신은 병기를 맞댄 채 철무경과 내력 대결을 펼치고 있는 상황이었다.

그것은 다시 말해 움직일 수 없다는 말이었다.

물론 먼저 내력 대결을 포기하는 방법도 있었지만 지금처럼 팽팽하게 균형을 이루고 있는 상황에서 먼저 포기하는 것은 치명적인 내상이라는 결과를 초래했다.

당연히 갑작스레 등장한 자의 기습은 위협이 되기에 충분했다.

이래저래 결정을 내리기 쉽지 않은 상황.

염철악이 급한 마음에 일단 느릿느릿한 걸음으로 다가오고 있는 놈을 강렬한 살기를 담은 시선으로 쏘아봤다.

그런 염철악의 눈에 다시 한 번 불신의 빛이 어렸다.

웬만한 자라면 자신의 살기가 담긴 시선만 마주해도 주눅이 드는 것이 정상이다.

그리고 숨도 제대로 쉬지 못하고 멈추어 서야 했다.

그런데 숟가락을 들고 다가오는 이 젊은 놈은 주눅은커녕 오히려 히죽 웃었다.

'미친놈?'

제정신이 아닌 자가 틀림없었다.

어쨌든 자신의 살기가 담긴 눈빛마저도 전혀 통하지 않으니 이제는 결정을 내려야 할 때였다.

'버텨보자!'

그리고 염철악이 내린 결정은 그냥 버티는 것이었다.

단검이 아니라 그냥 숟가락이었다.

정신이 반쯤 나간 놈의 숟가락에 한 대쯤 얻어맞는다고 해서 큰 일이 벌어질 것이라는 생각은 들지 않았다.

기껏해야 조금 아프고 말 것이 틀림없었다.

어느새 지척까지 다가온 젊은 놈이 내려칠 기세로 숟가락을 쳐들었다.

그러나 애써 외면하며 검을 든 손에 더욱 강한 내력을 밀어넣던 염철악의 얼굴이 또다시 굳어졌다.

부우웅.

소리만 듣고 알았다.

그냥 반쯤 정신이 나간 놈이 대충 휘두르는 숟가락이 아니었다.

자신의 머리 위로 떨어져 내리는 숟가락에 담긴 힘이 심상치 않았다.

하지만 이미 피하기에는 늦은 상황이었다.

염철악이 한 것은 검에 주입하고 있던 내력의 일부를 머리 쪽으로 돌려 호신강기를 끌어올리는 것이 다였다.

그러나 숟가락에 담긴 힘은 너무도 강했다.

호신강기로 어떻게 해결하기에는.

빠악!

호신강기를 가볍게 뚫고 들어온 숟가락을 한 대 얻어맞는 순간, 머리가 통째로 깨지는 듯한 고통이 전해졌다.

"커흑!"

참지 못하고 신음성을 흘리는 염철악의 눈이 순간 풀렸다.

그리고 순간 철무경의 내력이 염철악의 검을 타고 내부로 파고들어 돌이킬 수 없을 정도의 내상을 입혔다.

내상을 입은 염철악이 검붉은 선혈을 토해내며 바닥에 쓰러졌다.

[이걸 믿어야 합니까?]

[눈앞에서 보았으니 믿지 않을 수도 없지.]

[하지만 상대가 상대입니다. 사도맹 서열 이십위의 염철악과 사도맹 서열 사십삼위의 적운평을 단신으로 상대해 제압했습니다].

[제압이라…….]

조금은 격앙된 듯 보이는 수하와 전음을 주고받던 허민규가 다시 한 번 장내의 상황을 살펴보았다.

수하의 말처럼 사도맹 서열 이십위의 염철악이 검붉은 피를 토해낸 채 바닥에 쓰러져 있었다.

그리고 적운평도 마찬가지였다.

비록 염철악처럼 피를 토해낸 채 바닥에 쓰러진 것은 아니었지만, 한참 전부터 움직이지 못하는 것은 사실이었다.

게다가 안색도 창백한 것이 지금 당장 쓰러진다 해도 전혀 이상해 보이지 않았다.

[대체 무슨 수를 쓴 거지?]

[숟가락 두 개를 던졌습니다.]

[그래, 고작 숟가락 두 개야. 그 숟가락 두 개를 던져 사도맹 서열 사십팔위인 적운평을 저리 만들었지.]

[진법의 일종이 아니겠습니까?]

[진법이라……. 자네도 저 친구가 숟가락을 던지며 외치던 것을 들었지?]

[네.]

[기가 막힐 일이군.]

수하의 추측을 듣던 허민규가 천천히 고개를 끄덕였다.

한 발자국도 움직이지 못하고 마치 물에 빠진 사람마냥 허우적대고 있던 적운평의 모습은 분명 진법에 빠진 자의 모습이 틀림없었다.

하지만 여전히 의문스러운 점은 남아 있었다.

사무진이 던진 것은 고작 숟가락 두 개.

그 숟가락 두 개를 던진 것으로 적운평의 혼을 빼놓은 진법을 완성했다는 것은 상식적으로 도무지 납득할 수 없는 것이었다.

하지만 엄연한 현실.

눈앞에서 보았기에 부인하기도 어려운 상황이라는 것은 틀림없었다.

[어쨌든 아가씨가 무사하니 다행이지.]

[그렇습니다.]

[덕분에 우리가 나서지 않아도 되니 다행이라고 할 수 있지. 이곳의 상황은 어느 정도 정리된 것 같은데 바깥의 상황은 어떤가?]

[바깥의 상황도 어느 정도 정리되고 있습니다.]

[그래?]

[마침 홍면신검 손무기 대협이 철무경 장주의 초대를 받고 이곳에 머물고 있었습니다. 손 대협이 본격적으로 가세하자 혼란스럽던 상황이 정리되기 시작했습니다.]

[홍면신검 손무기라? 그래, 그자는 그럴 능력이 있지. 손무기가 마침 이곳에 있었다니 마성장으로서는 다행이군.]

[게다가 흩어졌던 마성장의 문도들까지 다시 돌아오며 바깥의 상황은 더욱 빠르게 정리되고 있습니다.]

허민규가 고개를 끄덕였다.

생각보다 상황이 쉽게 해결된 셈이었다.

그리고 이렇게 상황이 쉽게 해결되는 데 가장 큰 역할을 한 것은 사무진이라는 것을 부인할 수 없었다.

'뇌마! 그래, 혈마옥에는 진법에 관해서는 천하제일이라 알려졌던 뇌마가 있었어.'

염소수염을 한 중년인과 심각하게 이야기를 나누는 사무진을 바라보는 허민규의 눈에 복잡한 빛이 떠올랐다.

푹.

철무경이 바닥 깊숙이 도를 틀어박은 채 거칠게 숨을 몰아쉬었다.

그런 그의 눈에 조금 전까지만 해도 자신과 함께 생사를 건 혈투를 벌이고 있던 염철악이 검붉은 피를 토한 채 죽어 있는 모습이 들어왔다.

칠성검사라는 별호와 함께 널리 강호에 알려져 있는 자의 최후치고는 너무나 허망한 죽음이었다.

긴장이 풀려서일까?

상처를 입은 옆구리에서 다시금 극심한 통증이 밀려들었다.

그리고 온몸에서 힘이 빠져나가며 당장에라도 바닥에 드러눕고 싶다는 욕구가 치솟았지만 철무경은 바닥에 틀어박은 도에 의지한 채 그 유혹을 이겨냈다.

누가 뭐래도 자신은 마성장의 장주.

흔들리는 모습을 보여서는 안 되었다.

"형님, 괜찮으십니까?"

그리고 그때, 방 안으로 누군가가 들어왔다.

마치 술에 취한 사람처럼 붉게 상기된 얼굴로 방 안으로 들어선 자를 확인하고 철무경은 다시 한 번 안도의 한숨을 내쉬었다.

"아우, 왔는가?"

"제가 늦었습니다."

"괜찮네. 그보다 밖의 상황은 어찌 되었는가?"

유가연에 대한 걱정 때문에 별채 밖의 상황에 대해서는 전혀 신경 쓰지 못한 철무경이었다.

"거의 정리가 된 상황입니다. 마성장의 담을 넘은 흑의인들 중 이미 절반 이상이 죽었고 남은 자들도 곧 정리될 것 같습니다."

그제야 철무경이 안심한 듯 고개를 끄덕였다.

"그런데 이게 갑자기 무슨 일입니까?"

"……."

"마성장에 쳐들어온 자들의 정체는 대체… 아니, 이자는 칠성검사 염철악이 아닙니까? 그리고 저자는 폭렬마창 적운평?"

"그래, 사도맹일세."

확인해 주듯 꺼낸 철무경의 대답을 듣자마자 손무기는 놀란 표정을 감추지 않았다.

그러나 그 놀란 표정은 이내 감탄으로 바뀌었다.

"역시 형님이십니다."

"무슨 말인가?"

"단신으로 염철악과 적운평을 모두 쓰러뜨리신 것이 아닙
니까?"

철무경이 쓴웃음을 지었다.

자신과 의형제를 맺은 손무기가 그리 오해하는 것도 무리
가 아니었다.

이 방 안에서 염철악이나 적운평을 상대할 수 있을 정도로
이름이 알려진 것은 자신뿐이었으니까.

하지만 분명히 오해였다.

그리고 그 오해는 풀어주어야 했다.

"내가 아닐세, 아우."

"그게 무슨 말씀이십니까?"

"염철악과 적운평을 제압한 것이 내가 아니란 말일세."

"……?"

"믿기지 않겠지만 사실이네."

"그렇다면 대체 누가?"

"저 젊은 청년이네."

철무경이 가리키는 손가락을 따라 시선을 돌린 손무기가
사무진을 확인하고서 도저히 믿을 수 없다는 표정을 지었다.

"저 청년이 이들을 제압했단 말입니까?"

"그렇다네."

"하지만 새파랗게 젊은 청년이……."

도무지 인정할 수 없다는 표정을 짓고 있는 손무기를 바라보던 철무경이 다시 한 번 쓴웃음을 짓고 대답했다.

"나도 인정하고 싶지 않네."

철무경이 옆구리에 입은 상처는 깊었다.

게다가 상처를 입었을 때 제대로 치료하지도 않고 염철악과 대결하느라 격렬하게 움직인 탓에 더욱 심각하게 변했다.

"우선 치료부터 해야겠습니다."

"아닐세."

"고집을 부리실 때가 아닙니다."

"하지만 아직 상황이 완전히 정리되지 않았네. 내가 직접 밖으로 나가서 상황을 살펴야만 안심을 하겠네."

"정 그렇게 불안하시다면 제가 다시 나가보겠습니다. 그러니 형님은 상처를 살피는 것에만 신경을 쓰시지요."

"그래 주겠는가?"

"물론입니다."

손무기가 몸을 일으켰다.

그리고 철무경을 대신해 손무기가 다시 밖으로 나가자 그제야 유가연이 철무경의 곁으로 다가갔다.

"괜찮으냐?"

"저는 괜찮아요."

"다행히 어디 다친 곳은 없어 보이는구나. 만약 네게 무슨 일이 생겼다면 네 아버지를 뵐 면목이 없을 뻔했다."

"정말로 저는 괜찮으니 걱정하지 마세요. 그보다 제가 보기에는 숙부님의 상황이 심각해 보이는데요."

"이것 말이냐? 이 정도는 아무것도 아니다."

철무경이 애써 웃으며 괜찮은 척을 했다.

그리고 다시 고개를 돌려 상황을 살폈다.

가장 심하게 다친 것처럼 보이던 서문유는 어느새 가부좌를 틀고 앉아 운기조식을 하고 있었다.

서옥령도 허벅지에 상처를 입었지만 그리 심각해 보이지는 않았다.

약간 절뚝거리기는 했지만 움직이는 데 큰 무리가 없는 것을 보니.

그들의 상태를 살피고 어느 정도 안심을 한 철무경이 마지막으로 사무진을 향해 시선을 던졌다.

"자네."

"왜요?"

"이번에 큰 신세를 졌군."

"신경 쓰지 말아요. 별것도 아닌데."

사무진을 보는 철무경의 눈빛이 강렬해졌다.

의도하던 의도하지 않았던 사무진은 사도맹 내에서도 손

꼽히는 고수인 염철악과 적운평을 동시에 제압했다.

충분히 거만해질 자격이 있다는 뜻이었다.

하지만 지금 별것 아니라고 대답하는 사무진은 진심이었다.

'젊은 나이임에도 불구하고 겸손하다.'

의외의 발견을 한 철무경이 고개를 끄덕였다.

그리고 다시 한 번 돌아보았다.

그동안 사무진에 대한 평가를 나쁘게 했던 이유를 돌이켜 보니 특별한 것이 없었다.

굳이 찾는다면 친조카나 다름없는 유가연이 관심을 가지고 있을지도 모른다는 생각에 왠지 모를 적대감이 잠시 생겼던 것이 다였다.

결국 외모로 인한 선입견이었다.

눈썹이 없어서 보통의 사람들과 다르다는 생각을 했고, 그것이 원인이 되어서 자꾸만 나쁘게만 생각한 것이다.

얼마 겪어보지도 않은 채.

"피가 많이 나네요."

철무경이 스스로 반성하고 있을 때, 사무진이 다시 입을 떼었다.

"이거 말인가? 이 정도는 괜찮은데."

"괜찮기는 뭐가 괜찮아요? 잘못하면 내장이 삐져 나올 정도로 깊이 베었는데. 억지로 참지 말고 아프면 아프다고 해요."

사무진의 눈에 떠올라 있는 안쓰러운 빛.

그 눈빛을 마주하고 철무경은 다시 한 번 가슴 깊숙한 곳에서 울컥하고 뭔가가 솟구쳐 오른다는 느낌을 받았다.

나이에 걸맞지 않게 겸손한 것이 다가 아니었다.

다른 이의 아픔을 이해하는 따뜻한 마음도 가지고 있었다.

그리고 그제야 가연이가 사무진이라는 청년에게 반할 만하다는 생각이 들었다.

"솔직히 조금 아프군."

철무경이 인상을 쓰며 입을 열자 사무진이 이해한다는 듯 고개를 끄덕이는 것이 보였다.

그리고 위로라도 하듯 한마디를 던졌다.

"꿰매야겠네요."

"그래, 아무래도 그래야겠지?"

"제가 해드릴까요? 요즘 한창 실습이 필요한 기간인데."

그리고 어느 틈엔가 실과 바늘을 꺼내 들고 눈을 반짝이고 있는 사무진을 확인하고서 철무경은 또 한 번 놀랐다.

지금까지 자신이 사무진에 대해 가졌던 나쁜 감정은 완벽한 오해였다.

차마 상대의 아픔을 가만히 두고 보지 못하고 실과 바늘까지 꺼내 들고 손수 꿰매주려는 모습을 확인하자 철무경은 자신도 모르는 사이 고개를 끄덕였다.

실습 기간이라는 말은 무슨 뜻인지 정확히 몰랐지만.

그리고 고개를 끄덕이는 것을 승낙으로 여긴 듯 실과 바늘을 들고 다가오는 사무진을 보며 고맙다는 인사를 하려 할 때였다.

쿵!

방 안으로 뭔가가 날아들었다.

그리고 쿵 소리와 함께 벽에 부딪치고 나서야 가까스로 멈춘 것은 분명히 자신의 아우인 손무기였다.

"아우!"

옆구리에서 전해지는 통증 따위는 무시하고 철무경이 손무기에게로 움직일 때 입가로 붉은 선혈을 뿜어내며 손무기가 가까스로 입을 열었다.

"형님!"

"대체 이게 무슨 일인가?"

"피… 피하십시오."

"피하라니 그게 무슨 말인가?"

"태… 사… 령!"

"……?"

"임… 무성!"

"태사령 임무성!"

힘겹게 입을 떼는 손무기.

그제야 알아들은 철무경이 소리를 지르자마자 손무기가 희미한 웃음을 지었다.

"어… 서 피하… 셔야……."

손무기가 남은 힘을 모조리 짜내 꺼내는 피하라는 말을 마치기도 전에 임무성이 방 안으로 걸어 들어왔다.

"피하기에는 이미 늦은 것 같네."

그런 손무기를 향해 철무경이 말을 꺼낼 때, 방 안을 스윽 둘러본 임무성이 카랑카랑한 목소리로 외쳤다.

"누가 유가연이라는 계집이냐?"

第七章
거래

共同
傳人
공동전인

철무경이 잔뜩 굳어진 얼굴로 도를 들었다.

하지만 그런 철무경을 보았음에도 임무성은 코웃음을 칠 뿐이었다.

이내 고개를 돌린 임무성의 날카로운 눈빛이 바닥에 쓰러져 있는 염철악과 적무평을 확인하고서 처음으로 살짝 흔들렸다.

"네놈의 작품이냐?"

번뜩이는 안광.

임무성의 시선과 마주한 철무경의 눈빛이 흔들렸다.

사도맹 서열 십위인 태사령 임무성.

조금 전 자신과 생사투를 벌였던 염철악과 서열 차이가 크게 나지는 않았지만 분명히 존재감이 달랐다.

살기가 담긴 눈빛을 마주한 순간, 숨이 턱 막힐 지경이었다.

"멍청한 것들. 겨우 이따위 놈에게 당하다니 죽어도 싸구나."

그런 철무경을 향해 냉소를 던진 후, 임무성이 다시 방 안을 스윽 훑어보기 시작했다.

방 안에 있는 사람 중 여자는 단 두 명.

처음 서옥령을 바라보던 임무성의 눈이 살짝 이채를 발했다.

"곱구나!"

"……."

"여기까지 찾아온 보람이 있구나!"

그런 임무성의 자그마한 눈에 스치고 지나가는 것은 분명 욕정이었다.

그것을 깨달은 서옥령의 신형이 움츠러들 때, 임무성의 시선이 이번에는 유가연에게로 향했다.

"네년이로구나."

"……?"

"여기까지 내가 발걸음하게 만든 건방진 년이."

거침없는 폭언.

평소의 유가연의 성격이라면 절대 가만히 있을 리 없었지만 오늘은 조용했다.

임무성이 은연중에 뿜어내고 있는 살기에 질려서 감히 입을 열지도 못하고 가늘게 신형을 떨고 있었다.

그런 유가연이 간신히 한 행동은 곁에 있던 사무진의 팔을 붙잡은 것이 다였다.

그 모습을 놓치지 않고 바라보던 임무성이 재미있다는 듯 웃음을 지으며 이번에는 사무진에게로 시선을 던졌다.

"유정생이 딸려 보낸 호위무사인가 보군."

"……."

"목숨은 하나뿐이지. 죽고 싶지 않으면 당장 물러나라."

진득한 살기가 담긴 음성.

하지만 사무진은 이미 혈마옥 생활을 통해 뿜어내는 살기 따위에는 적응이 될 만큼 된 후였다.

"저 족제비같이 생긴 영감은 대체 누구야?"

살기 어린 시선을 피하지 않고 유가연에게 대뜸 던진 질문을 듣지 못했을 임무성이 아니었다.

"이런 빌어먹을 놈이 있나? 형체도 찾을 수 없을 정도로 아주 갈가리 찢어서 죽여주마!"

"생긴 것만 족제비 같은 줄 알았더니 입에 걸레도 문 영감이잖아."

"이… 이런 쳐 죽여도 시원… 치 않을 놈이……."

너무 기가 막혀서일까?

말도 제대로 잇지 못하는 임무성은 바라보지도 않고 사무진이 유가연에게로 시선을 던졌다.

"저 영감, 강해?"

"사도맹 서열 십위에 올라 있는 자예요."

사도맹 서열 십위라…….

잔뜩 주눅 든 표정으로 유가연이 대답했지만 솔직히 크게 와 닿지는 않았다.

사무진이 사도맹에 대해서 알고 있는 것은 거의 없었으니까.

기껏해야 사도맹주 이름 정도 아는 것이 전부였다.

"조금 다른 방식으로 설명해 주면 안 될까?"

"그러니까 조금 전의 염철악과는 비교도 할 수 없을 정도로 강해요."

유가연의 대답은 그리 만족할 만한 수준이 아니었다.

역시 피부에 확 와 닿지 않았으니까.

차라리 직접 확인해 보는 것이 낫겠다는 판단을 한 사무진이 임무성에게 시선을 고정한 채 정신을 집중했다.

심마 노인에게서 배운 절벽의 아픔을 이해하는 법은 아무 때나 되는 것이 아니었다.

고도의 집중력이 필요했다.

"보여라. 보여라."

눈도 한 번 깜박이지 않고 임무성을 한참이나 노려보다 보니 한순간 시야가 뿌옇게 흐려지기 시작했다.

그리고 이때가 중요하다는 것을 잘 알고 있는 사무진이 눈에서 힘을 뺐다.

"됐다!"

마침내 임무성이 입고 있던 흑의가 사라지고 대신 다른 색으로 보이기 시작하자 사무진은 놀랐다.

임무성의 전신은 온통 붉은색 일색이었다.

마땅히 약점을 찾을 수 없을 정도로.

마치 희대의 살인마들을 보았을 때와 비슷했다.

조금 차이가 있다면 희대의 살인마들보다는 붉은색이 훨씬 옅다는 것이지만.

다시 눈에 힘을 줘서 본래의 상태로 돌아오려다가 사무진이 내친김에 다른 사람들도 살펴보았다.

가장 먼저 살핀 것은 철무경.

'꽤 센데!'

철무경도 비교적 붉은 편이었다.

물론 임무성에 비한다면 붉은색이 훨씬 옅었지만.

게다가 결정적으로 부상 때문인지 옆구리 부근이 하얀 색을 띠고 있었다.

다음으로 살핀 것은 서옥령이었다.

그리고 서옥령을 바라본 사무진이 의외라는 표정을 지었다.

전체적으로 누런색이었다.

붉은색 다음으로 강한 것이 누런색이니 서옥령의 수준도

사무진의 생각보다 훨씬 높은 편이었다.

마지막으로 살핀 것은 유가연이었다.

그리고 유가연은 사무진의 예상을 빗나가지 않았다.

예전의 사무진과 마찬가지로 온통 하얀색 일색이었으니까.

다만 차이가 있다면 명치 부근에 붉은색 기운이 뭉쳐 있다는 것이었다.

이유는 알 수 없었지만.

어쨌든 중요한 것은 이것이 아니었다.

화가 머리끝까지 치솟은 것처럼 보이는 임무성이 하필이면 사무진을 노려보고 있다는 것이 문제였다.

철무경이 임무성의 앞을 가로막고 있어서 다행이었지만, 아무래도 오래 버티기는 어려울 듯 보였다.

그리고 그 예상은 빗나가지 않았다.

"감히 네놈 따위가 내 앞을 가로막다니⋯⋯!"

노호성과 함께 시작된 임무성의 움직임은 빨랐다.

제대로 살피는 것조차 힘들 정도로.

더구나 철무경의 상태는 정상이 아니었다.

옆구리 어림에 중한 상처를 입은데다가 염철악과 상대하느라 내력의 소모까지 컸기에 얼마 지나지 않아 움직임이 눈에 띄게 둔해졌다.

그리고 임무성은 그것을 놓치지 않았다.

움직임이 둔해지며 만들어진 허점을 놓치지 않고 임무성

의 주름진 손이 파고들었다.

"커흑."

가슴에 적중한 일장.

신음성과 함께 칠 척이나 되는 철무경의 거구가 밀려났다.

아마 사무진이 도중에 잡아주지 않았다면 벽까지 밀려났을 터이다.

사무진의 품에 안긴 채 간신히 눈을 뜬 철무경이 힘겹게 입을 뗐다.

"자네… 만 믿네."

"뭐라고요?"

"부탁하네."

처음에는 잘못 들은 줄 알았다.

알아서 도망치라는 말을 할 것이라고 생각했는데 철무경은 말도 안 되는 소리를 꺼내고 있었다.

그 말만을 남기고 힘이 드는 듯 눈을 감아버린 철무경을 바라보다 사무진이 슬그머니 고개를 들었다.

그러나 마땅히 하소연할 상대도 없었다.

그나마 멀쩡하게 서 있는 것은 유가연과 홍연민밖에 없었다.

무공도 모르는 유가연이나 홍연민에게 임무성을 상대하라고 할 수는 없는 법.

깊이 한숨을 내쉬며 몸을 일으킨 사무진이 몸을 일으켰다.

그리고 그런 사무진의 시선은 임무성에게 향해 있지 않았다.

아무것도 없는 허공을 노려보던 사무진이 입을 뗐다.

"진짜 안 나설 거예요?"

처음부터 알고 있었다.

몇 명의 인물이 몸을 숨기고 있다는 것쯤은.

진즉에 그것을 알고 있었지만 굳이 아는 체하지 않았던 것은 별로 신경 쓰고 싶지 않았기 때문이다.

특별히 악의가 있는 것 같지도 않았고.

그렇지만 확실한 것은 있었다.

이들은 항상 유가연의 주위에 숨어 있다는 것이었다.

그리고 그것을 파악하고서 대충 눈치채고 있었다.

이들이 유가연을 보호하기 위해서 움직인다는 것을.

그리고 사무진의 예상은 빗나가지 않았다.

천장이 갈라지면서 다섯 명의 신형이 거의 동시에 바닥으로 떨어져 내렸다.

물론 사무진으로서는 처음 보는 자들.

하지만 유가연은 아닌 듯했다.

"허 대주님!"

처음 사무진의 시선이 향해 있던 곳의 천장에서 떨어져 내린 중년의 사내를 본 유가연이 놀란 음성을 토해내는 것을 보니.

"아가씨!"

"허 대주님이 어떻게 여기에… 설마 아빠가?"

"아가씨가 위험에 처하실지도 모른다며 저를 보내셨습니다."

"하지만……."

"지금은 상황이 급하니 길게 설명을 드리기는 어려울 듯 보입니다. 외람된 말씀이지만 당장 이곳을 벗어나시기 바랍니다. 시간은 저희가 벌겠습니다."

두 사람이 나누는 대화를 가만히 듣고 있던 사무진은 고개를 끄덕였다.

허 대주라는 자가 풍기고 있는 기세가 예사롭지 않았지만 딱 보기에도 족제비처럼 생긴 임무성만은 못했다.

기껏해야 시간을 버는 것이 전부라는 것을 알고 있는 것으로 보아 철무경과는 달리 자신의 분수는 제대로 파악하고 있었다.

"부탁하겠네. 아가씨와 함께 이곳에서 최대한 멀리 움직여 주게."

결의에 찬 표정으로 이야기를 꺼내는 허 대주라는 자를 힐끗 바라본 사무진은 물론 고개를 끄덕였다.

당연한 것이었다.

별다른 용건도 없는데 이곳에서 괜히 버티고 있어봤자 좋을 것이 하나도 없다는 것은 이미 알고 있었다.

그런데 문제가 생겼다.

"저는 안 가요."

기회를 놓치지 않고 냉큼 사라지기 위해 유가연의 팔을 힘껏 끌어당겼지만 꿈쩍도 하지 않았다.

그리고 가지 않겠다고 고집을 피우기 시작했다.

입술까지 꽉 깨물고서 손길을 뿌리치며 고개를 흔들고 있는 유가연에게서는 굳은 결심이 느껴졌다.

하지만 사무진은 잘 알고 있었다.

지금은 세상 물정 모르는 어린아이의 응석을 받아줄 때가 아니라는 것을.

"가야 해!"

움직이지 않으려는 유가연을 들쳐 안았다.

이러지 말라는 듯 발버둥까지 치고 있었지만 가볍게 무시했다.

"가요!"

물론 홍연민을 빼먹지는 않았다.

비록 화공 윤담은 아니지만 홍연민은 사무진에게 꼭 필요한 사람이었으니까.

"어디로 가자는 건가?"

"여기 있을래요? 그럼 여기 있다가 그냥 죽던가요."

"아닐세. 따라가지."

홍연민은 눈치가 빨랐다.

순식간에 입을 다물고 따라나서는 홍연민을 확인한 사무진이 마지막으로 허 대주라는 중년인을 향해 시선을 던졌다.

하지만 이미 임무성만을 노려보고 있는 그는 다른 것을 신경 쓸 여력이 없는 듯 보였다.

"안 간다니까!"

그래서 미련없이 방을 벗어난 후 한참을 달려나가던 사무진이 순간 걸음을 멈추었다.

물론 아직 철없는 유가연의 부탁을 듣고서 멈춘 것은 결코 아니었다.

사무진이 걸음을 멈춘 데는 다른 이유가 있었다.

낯이 익었다.

허 대주라는 자와 함께 임무성을 상대하려고 준비하는 자들 중 한 사내의 얼굴이 분명히 낯이 익었다.

처음에는 기억하지 못했는데 별채를 막 벗어나 담벼락을 넘으려고 한 순간에 마침내 기억이 확실하게 떠올랐다.

"아저씨, 제발 돌아가!"

"그래."

"진짜?"

"돌아가야 할 용건이 생겼어."

기억이 나지 않았다면 모를까.

이제는 돌아가지 않을 수 없었다.

허민규가 마른침을 꿀꺽 삼켰다.

태사령 임무성!

사도맹 서열 십위에 올라 있는 임무성은 분명 엄청난 고수였다.

'만약 수하들이 모두 함께 있었다면?'

허민규가 끌고 온 수하는 모두 스무 명이었다.

하지만 지금 이 자리에서 임무성과 맞서기 위해 서 있는 것은 자신을 포함해서 다섯뿐이었다.

만약 수하들이 모두 있었다면 상황이 조금이라도 달라졌을 것이 틀림없지만 수하들이 돌아오기를 기다리는 것은 무리였다.

지금으로써는 최선을 다한다 하더라도 기껏해야 시간을 버는 것이 다였다.

실룩.

날카로운 안광을 뿜어내고 있는 임무성의 한쪽 입술이 실룩였다.

그와 동시에 앞으로 쭉 뻗은 임무성의 손끝이 희끗 빛났다는 느낌이 들었다.

마치 뭔가가 빠져나오는 것처럼.

"조심……."

허민규의 경호성이 끝나기도 전이었다.

털썩.

한 명의 수하가 비명도 지르지 못하고 뒤로 넘어갔다.

그런 수하의 이마에 틀어박힌 것은 바늘처럼 가는 은색 세침.

은색 세침이 틀어박힌 수하의 얼굴이 검게 변색되어 버리며 썩어가는 것을 보니 극독이 묻어 있는 것이 틀림없었다.

그리고 변색된 채 썩어가는 수하의 얼굴을 보는 순간 욕지기가 치밀어 올랐지만, 허민규는 가까스로 참아냈다.

"극독이 묻은 암기다. 거리를 좁……."

그리고 암기를 사용할 여유를 주지 않기 위해 임무성과의 거리를 좁히라는 명령을 내리려는 순간, 또 한 명의 수하가 은색 세침을 맞고서 쓰러졌다.

그것을 확인한 허민규의 신형이 얼어붙었다.

나름대로 고수의 반열에 올라 있다고 자부하는 허민규였지만, 임무성의 손을 떠난 은색 세침을 제대로 보지 못했다.

임무성이 또 한 번 암기를 날린다 하더라도 피하거나 막을 수 있을 거라는 확신조차 없었다.

"버러지들이로군."

귀찮다는 기색이 역력한 눈빛을 띤 채 또다시 입가를 실룩이는 임무성을 바라보던 허민규의 안색이 창백하게 굳어졌다.

방법을 찾아야 했다.

이 상황이라면 남아 있는 수하들이 죽어가는 것도 시간문제였다.

허민규도 무인인 이상 언제라도 죽음이 닥칠 수 있다는 각오를 한 채 살아왔다.

그런 만큼 죽음이 두렵지는 않았다.

하지만 헛되이 죽을 수는 없었다.

적어도 유가연이 최대한 멀리 도망칠 수 있는 시간은 벌어야 했다.

그래서 필사적으로 방법을 찾아내기 위해 머리를 굴리고 있던 허민규의 안색이 밀랍 인형처럼 하얗게 변했다.

"허 대주님!"

지금 들리지 않아야 할 목소리.

유가연의 목소리가 들렸다.

원래라면 자신을 비롯한 수하들이 벌어주는 시간을 틈타 이곳에서 멀리 벗어났어야 할 유가연이었다.

실제로도 사무진에게 반 강제로 안긴 채 벗어나는 것을 보았고.

하지만 지금 갑자기 유가연의 목소리가 들리자 당황하지 않을 수 없었다.

"귀찮게 찾아 나설 필요가 없어졌구나."

무뚝뚝한 임무성의 목소리를 들으며 허민규가 고개를 돌렸다.

그런 그의 시선이 사무진과 부딪쳤다.

"대체 왜 돌아왔나?"

"할 일이 남아서."

돌아온 대답을 들으며 허민규는 의아한 느낌을 받았다.

조금 전과는 달리 사무진의 목소리가 냉랭했다.

게다가 눈빛도 변했다.

살기마저 느껴지는 살벌한 눈빛이었다.

"할 일이라니?"

"물어볼 것이 있어서. 그런데 그전에 먼저 죽어버리면 곤란하잖아."

"……?"

영문을 모르는 허민규의 표정이 의아함으로 물들었지만 사무진은 전혀 신경 쓰지 않고 품속에서 숟가락을 꺼냈다.

처음 허민규를 포함해 다섯이었던 자들이 그 짧은 사이 셋으로 줄어들어 있었다.

하지만 안타까운 마음 따위는 들지 않았다.

오히려 안도했다.

따져야 할 것이 있는 자는 멀쩡하게 살아 있었으니까.

슬쩍 고개를 돌려 죽어버린 두 명의 사내를 살폈다.

어느새 검게 변색되어 있는 사체의 얼굴.

그리고 사체의 이마 어림에 박혀 있는 은색 세침을 확인하고서 사무진은 임무성이 맹독이 발린 암기를 사용한다는 것을 깨달았다.

다시 고개를 든 사무진이 가늘게 찢어져서 더욱 날카롭게 보이는 임무성의 두 눈을 바라보았다.

강한 자였다.

여전히 부딪치는 것이 내키지 않을 정도로.

하지만 이미 싸우기로 결심한 이상 이길 수 있는 방도를 생각해 내야 했다.

'한 대 맞아줄까?'

그리고 사무진은 이내 결심을 굳혔다.

임무성이 날리고 있는 은색 세침에 한 대 맞아주기로.

은색 세침이 틀어박힌다 해서 죽을 것 같지는 않았다.

진짜 무서운 것은 은색 세침에 발라져 있는 맹독이었다.

하지만 이미 만독불침의 경지에 이른 사무진에게는 은색 세침에 발려 있는 맹독 따위는 전혀 무서울 것이 없었다.

오히려 방심의 허를 찌를 수 있는 좋은 기회가 되기도 했다.

"진짜 족제비같이 생긴 영⋯⋯."

화를 돋기 위해서 꺼낸 말은 끝맺지도 못했다.

임무성은 성질도 급했다.

사무진의 입에서 족제비라는 말이 떨어지기가 무섭게 예고도 하지 않고 사무진에게 공격을 가했다.

본능적으로 고개를 틀자 귀밑으로 미약한 바람 소리가 스치고 지나갔다.

"피했어?"

"뭘 이 정도 가지고 놀라기는. 느려빠진 암기 하나 피한 것뿐인데."

실실 웃으며 대답했다.

그 말을 들은 임무성의 얼굴이 순식간에 붉게 상기되었다.

그리고 그런 그의 손에서 다시 한 번 은색 세침이 빠져나왔다.

'느려빠진 암기'라는 말은 거짓말이었다.

임무성이 쏘아내는 은색 세침은 더럽게 빨랐다.

제대로 보이지도 않을 정도로.

물론 처음 은색 세침을 피한 것이 운은 아니었다.

제대로 보이지도 않았지만 은색 세침을 용케 피할 수 있었던 것은 희대의 살인마들과 생활하며 감각이 극도로 예민해졌기 때문이다.

아마도 그때가 혈마옥에서 희대의 살인마들과 함께 시간을 보낸 지 이 년이 조금 되지 않았을 무렵이다.

이제 가르칠 것이 없어서인지 한동안 괴롭히지도 않고 편하게 놔둔다 싶었는데 역시 그럴 리가 없었다.

어느 날부터인가 희대의 살인마들이 한 명씩 번갈아가면서 시도 때도 없이 사무진을 공격하기 시작했다.

그것도 기척을 느낄 수 없게 숨어서.

처음에 뇌마 노인이 던지는 돌멩이에 얻어맞고서는 이가 부러질 뻔했다.

그러나 그것은 시작에 불과했다.

하루에도 수십 번씩 공격을 받았고, 고스란히 얻어맞았다.

예고도 없이 갑자기 날아드는 돌멩이를 사무진이 피할 수 있을 리 없었다.

숟가락으로 땅을 팔 때도, 멀건 죽을 떠먹고 있을 때도, 심지어는 큰일을 보고 있을 때도 돌멩이가 날아왔다.

오죽했으면 큰일을 보던 도중 머리로 날아든 돌멩이에 정통으로 얻어맞고서 기절까지 했을까?

하도 서러워서 큰맘 먹고 만만한 검마 노인에게 따졌었다.

대체 왜 이러냐고.

"재밌잖아."

그때, 그 대답을 듣고 속이 얼마나 부글부글 끓어올랐는지.

하지만 꾹꾹 눌러 참았다.

그리고 조심스레 건의했다.

심심해서 하는 취미 활동이라는 것은 알고 있지만 장난삼아 던진 돌멩이에 개구리는 맞아서 죽을 수도 있으니 조금만 자제해 달라고.

하지만 성심을 다해 꺼낸 건의는 가볍게 무시당했다.

대신 매정한 대답이 돌아왔다.

"알아서 피해야 돼. 처음에는 조금 아프겠지만 어찌어찌 피하다 보면 뭔가 얻는 것이 있을 테니까."

그 마음 약한 검마 노인이 그렇게까지 이야기하는 데는 방법이 없었다.

매일 매일이 긴장의 연속이었다.

겁이 나서 큰일을 보는 것도 꺼릴 정도로.

덕분에 변비까지 생겼지만, 어느 날 처음으로 돌멩이가 다가온다는 것을 느꼈다.

그리고 그 순간을 사무진은 평생 잊지 못할 것이다.

그때가 눈을 감고 땅을 파고 있을 때였다.

어차피 돌멩이가 갑자기 날아온다고 하더라도 보이지도 않을 것이라 거의 체념한 상태였다.

멍하니 땅을 파던 중 갑자기 왼쪽 뺨 부근이 아렸다.

아무런 이유도 없이.

이상하다는 생각을 하는 순간, 어김없이 돌멩이가 날아들어 아리고 있는 왼쪽 뺨을 강타했다.

그 돌멩이에 얻어맞고 기절했다가 반 각 만에 깨어나자마자 히죽 웃었다.

이제는 돌멩이를 피할 수 있겠다는 생각이 들어서.

통감!

그래, 검마 노인은 이것을 통감이라 불렀다.

처음으로 사무진이 돌멩이를 피해냈을 때, 자기 일처럼 기뻐하면서 엄지까지 치켜세워 주었다.

보통 통감을 익히기 전에 반병신이 되거나 죽는 경우가 대부분이라 정말 익히기 힘든 것이란 말도 빼놓지 않았고.

물론 다른 희대의 살인마들은 검마 노인처럼 기뻐해 주지 않았다.

오히려 아쉬워했다.

새롭게 생긴 취미 활동으로 인해 즐거웠던 시간이 끝났다는 것 때문에.

어쨌든 중요한 것은 지금 사무진이 통감을 완벽하게 익혔다는 것이다.

이마 부근이 아리다는 느낌.

그 느낌을 받자마자 사무진이 휙 소리가 날 정도로 재빨리 고개를 뒤로 젖혔다.

어김없이 머리카락을 스치고 지나가는 은색 세침.

하지만 이번에 임무성이 날린 은색 세침은 하나가 아니었다.

옆구리 부근이 아려온다는 느낌이 들었다.

뒤로 젖혔던 고개를 바로 할 여유도 없이 신형을 비틀어서 간신히 세침을 피한 사무진이 바닥을 한 바퀴 구른 후 허민규를 바라보았다.

"뭐 해요?"

눈에 제대로 보이지도 않는 은색 세침을 사무진이 가볍게 피해내는 것에 놀란 듯 멍하니 바라보고 있던 허민규는 그제야 정신을 차린 듯했다.

쐐애액!

허민규의 검이 임무성을 향해 파고들었다.

그리고 그 검에 실린 위력을 무시할 수는 없었던 듯 임무성이 사무진을 매섭게 노려보다 인상을 쓰며 다가오는 허민규를 향해 시선을 돌렸다.

그러나 지척까지 다가온 검을 보았음에도 임무성의 얼굴에 당황하는 기색은 전혀 없었다.

"귀찮은 것들!"

예기가 번뜩이며 다가오는 검을 향해 임무성이 파리를 쫓듯이 손을 흔들었다.

그리고 검에 닿지도 않은 채 흔드는 가벼운 손동작에 의해 허민규가 떨친 검의 방향이 바뀌었다.

허무하다는 느낌이 들 정도로 너무나 쉽게.

당황스런 기색이 허민규의 얼굴에 떠오를 때, 남아 있던 두 명의 사내도 지체하지 않고 임무성을 향해 검을 뻗어냈다.

하지만 이번에도 크게 상황이 다르지 않았다.

"흥!"

임무성이 코웃음을 치며 손을 흔들자마자 역시 어이없을 정도로 너무나 쉽게 두 자루의 검이 허공으로 솟구쳤다.

그런 임무성의 손이 두 사내의 비어 있는 가슴을 향해 파고들 때 사무진이 들고 있던 숟가락을 던졌다.

쌔애액!

내력이 제대로 실린 채 날아가는 숟가락을 무시할 수는 없었던 듯, 임무성은 두 사내를 공격하는 대신 사무진을 향해 손을 뻗었다.

번쩍.

임무성의 손에서 빠져나와 사무진의 이마를 노리고 날아드는 은색 세침.

제대로 보이지는 않았지만 이마가 아리다는 느낌이 들었기에 날아드는 은색 세침의 존재는 파악했다.

하지만 이번에는 피하지 않았다.

뜨끔.

이마에 은색 세침이 틀어박혔다.

허민규가 그것을 확인하고 답답한 표정을 짓는 것이 보였지만, 걱정하지 말라고 웃을 수는 없었다.

생각보다 훨씬 더 아팠으니까.

하지만 가만히 당하고 있을 생각도 없었기에 사무진이 소리쳤다.

"날아라!"

왼손을 쭉 뻗어낸 채 그대로 멈추었다.

빗나가지 않았다.

날아간 다섯 개의 손톱 중 하나가 임무성의 뺨을 스치고 지나갔다.

피가 흘러내릴 정도로 깊은 상처는 아니었지만 임무성의 주름진 얼굴에는 분명히 생채기가 남아 있었다.

문제는 쓰러지지 않는다는 것이다.

분명히 집채만 한 황소도 단숨에 쓰러뜨릴 정도의 극독이 묻어 있는 손톱이라고 했으니 지금쯤은 쓰러져야 했다.

하지만 임무성은 쓰러지지 않았다.

희대의 살인마들과 마찬가지로.

그래서 슬슬 불안해지기 시작했다.

혹시 임무성이라는 이 노인도 만독불침이 아닌가 하는 생각이 깃들면서.

"손톱을 날린다? 신기한 재주를 익혔군."

"별로 재미없었나 보네요."

"아니야. 무척 재미있었다. 솔직히 말해서 살아생전에 이것을 다시 보게 될 줄은 꿈에도 몰랐거든."

"……?"

"삽십 년쯤 전이었나? 독마가 손톱을 날리는 것을 본 적이 있지."

임무성의 입에서 독마 노인의 이야기가 흘러나오는 것을 듣고 깜짝 놀랐다.

서로 알고 있을 줄은 꿈에도 몰랐기에.

"독마의 제자냐?"

"그건 아니고… 그러니까 이걸 뭐라고 설명해야 하지? 그냥 조금 아는 사이인데 내가 잠든 사이에 멋대로 이렇게 만들어서……."

"됐다. 어쨌든 상관없지. 독마의 손톱에는 극독이 발라져 있었지. 네가 날린 손톱에도 극독이 묻어 있군."

"눈치챘어요?"

"그래."

"근데 왜 안 죽어요?"

가장 궁금한 것을 물었다.

독괴 하연신처럼 칠공에서 피를 흘리며 죽어야 정상인데 임무성은 지금까지 멀쩡하게 서서 주절주절 잘도 떠들고 있었다.

혹시나 만독불침이란 대답을 꺼내는 것은 아닐까 하고 긴장하고 있을 때 의외의 대답이 흘러나왔다.

"죽는다!"

"응?"

"내력으로 독기를 억누르고 있는 것도 슬슬 한계니까. 기가 막히는군. 나 태사령 임무성이 이렇게 허망하게 죽게 되다니."

말 그대로 허망한 듯 짧게 한숨을 내쉰 임무성이 탄식하듯 한마디를 남겼다.

"네놈이 있다는 것을 모르니 사도맹은 다시 고생을 하겠군."

그리고 그것이 임무성이 남긴 유언이 되었다.

칠공에서 피를 토해내며 임무성이 마침내 쓰러졌다.

"집채만 한 황소도 금세 쓰러진다는 맹독이라더니 거짓말이잖아. 주절주절 잘도 중얼대다가 죽는 것 보니까 아무래도 이상한데? 혹시 손톱에 묻은 독의 효과가 떨어진 거 아냐?"

조금 전 날린 손톱은 나란히 벽에 틀어박혀 있었다.

그러고 보니 색이 조금 바랜 것 같기도 했다.

하나씩 빼내서 조심스레 끼워 넣고 나니 뭔가 이상한 느낌
이 들었다.

너무나 조용했다.

그래서 고개를 돌리자마자 조용한 가운데 모두의 시선이
자신에게 쏠려 있었다.

민망하게시리.

물론 사무진도 시선을 피하지 않았다.

허민규와 함께 등장한 자들 중 한 사내를 노려보며 다가갔다.

"나 기억 안 나?"

얼핏 보아도 열 살은 많아 보이는 사내였지만 당연하다는
듯이 하대했다.

벌써 머리끝까지 화가 치솟는데 숟가락부터 날리지 않은
것만도 기적이었다.

"글쎄, 잘……."

그리고 잔뜩 굳어진 얼굴로 뒤로 주춤 물러나는 사내를 바
라보던 사무진이 어이없다는 듯 코웃음을 쳤다.

"나는 기억나는데……."

"……."

"지금부터 약 삼 년 전쯤 무림맹 안이었는데. 아직도 기억

안 나?"

"그게……."

한 걸음 더 다가가자 반사적으로 사내도 한 걸음을 물러났다.

그리고 사내의 얼굴이 창백하게 변한 것을 보고 확신했다.

이자가 맞다는 것을.

"왜 그랬어?"

"대체 무슨 소리를……."

콰악!

끝까지 시치미를 떼고 있는 사내를 보다 보니 도저히 참을 수가 없어서 숟가락으로 머리를 후려쳤다.

꽤나 충격이 큰 듯 사내가 비틀거렸지만 이 정도로 사무진의 화가 풀릴 리가 없었다.

삼 년.

무려 삼 년이었다.

고작 술에 취해서 무림맹의 담을 한 번 넘었다는 이유로 혈마옥에 갇힌 채 삼 년이란 시간을 허비했다.

희대의 살인마들에 의해 죽을 고비를 수백 번이나 넘기면서.

"말해!"

"……."

"말하지 않으면 죽일 거야. 물론 말해도 죽이겠지만."

이유를 들어야 했다.

대체 왜 자신이 혈마옥에 갇혀야 했는지.

다시 한 번 숟가락을 들어 올렸지만 이번에는 의도한 대로 손을 내리지 못했다.

허민규가 사무진의 팔을 붙잡고 있었다.

"진정하고 나와 얘기를 좀 하세."

"우선은 사과하겠네."

씨도 먹히지 않는 말이다.

사과한다고 해서 순순히 받아들이고 끝낼 생각은 추호도 없었다.

"할 말이 뭐예요?"

"그 친구에게도 사정이 있었네."

사정?

웃기는 소리였다.

그 일이 있기 전까지만 해도 전혀 일면식도 없는 사이에 사정이 무엇이 있을까?

"어디 한번 말해보세요.".

대체 무슨 이야기를 늘어놓을까가 궁금해 들어보기로 했다.

그리고 그 말이 끝나기가 무섭게 허민규가 입을 뗐다.

"그 친구의 이름은 황보세경이네."

"얼굴이랑 다르게 이름은 예쁘네요."

이미 심사가 잔뜩 비틀렸는데 고운 말이 나올 리 없었다.

그것을 느낀 듯 쓴웃음을 지은 채 허민규가 다시 말했다.

"그 친구 동생의 이름은 황보세혁이지."

"용한 점쟁이한테 비싼 돈 주고 지은 이름인가? 나는 성명학 같은 것에는 전혀 관심이 없으니까 본론을 말해요."

"황보세혁이라는 이름이 기억나지 않나?"

슬슬 짜증이 났다.

생판 처음 들어본 이름이다.

황보라는 성을 가진 사람과는 술 한잔 마신 적이 없다는 것을 맹세할 수 있었고, 관련 또한 있을 리가 없었……

가만, 아니었다.

상관이 있었다.

요선이가 결혼한다고 한 남자가 황보세가의 무인이었다.

그제야 기억이 났다.

그 빌어먹을 놈의 이름이 황보세혁이었다는 것이.

그것까지 떠올리자 대충 어떻게 된 상황인지 슬슬 파악이되었다.

"기억이 나는군요."

"다행이군. 기억을 한다니 말을 꺼내기가 조금은 편해지겠어."

"황보세혁이라는 놈이 부탁했는가 보군요."

"그래."

"왜요?"

도무지 이해가 가지 않았다.

무림맹의 담을 넘을 무렵 이미 마음속으로 인정하고 있었다.

첫사랑이었던 요선이와는 여기까지라는 것을.

물론 단 한 점의 미련도 남아 있지 않았느냐고 그 당시에 누가 물었다면 확답은 할 수 없었겠지만.

"두려웠다고 하더군."

"두려웠다?"

허민규가 꺼낸 말은 쉽게 납득이 가지 않았다.

두려울 것이 뭐가 있을까?

그 당시의 자신은 가진 것이 아무것도 없었다.

억울해서 인정하고 싶지는 않지만 그 빌어먹을 놈과 비교하면 상대가 되지 않을 정도로 못났었다.

기껏해야 남의 주머니나 터는 좀도둑이었으니까.

"술을 마시면서 털어놓았다고 하더군. 부모님의 성화를 이기지 못 하고 자신과 혼인하게 되었지만 마음은 조금도 주지 않는다고. 그래서 두렵다고. 자네가 곁에 있는 한 영원히 그 여자의 마음을 얻을 수 없을 것 같다고 말일세."

신파였다.

요즘 쏟아지고 있는 삼류 소설에나 나올 신파였다.

그러나 남의 얘기가 아니라 자신의 이야기가 되니 더 이상 신파가 아니었다.

너무나 가슴 아픈 이야기가 되어버렸다.

"그런데요?"

하지만 그렇다고 달라지는 것은 없었다.

이루어지지 못하고 끝나 버린 첫사랑의 기억이 아프기는 했지만 그것은 이미 오래전 이야기였다.

지금의 사무진에게는 혈마옥에서 희대의 살인마들에게 시달리며 보낸 시간들이 훨씬 더 아픈 기억으로 남아 있었다.

그런데 허민규는 또 의외의 이야기를 꺼냈다.

"독수비공!"

"뭐요?"

"한때 천하에 명성을 날리던 독마의 독문 무공의 이름이지. 조금 전 자네가 임무성을 상대하며 펼친 무공이기도 하고."

독수비공이라……

아무래도 '독 묻은 손톱 날리기'를 말하는 것 같았다.

"자네는 독마의 진전을 이어받았나?"

갑자기 말문이 막혔다.

그리고 이번에는 뭐라고 변명을 해야 할까 고민하다 사무진은 더듬거리며 입을 열었다.

"그게……"

"변명하려 하지 말게. 대충 짐작하고 있으니까."

"뭔가 오해가 있는 것 같은데……"

"폭렬마창 적운평과 칠성검사 염철악. 그들만이 아니지. 사도맹 서열 십위에 올라 있는 태사령 임무성까지 자네가 쓰러뜨렸네. 자네는 모르겠지만 강호의 소문은 무척이나 빨라.

당장 내일이면 자네의 소문이 퍼질 거야."

"설마요?"

"두고 보게. 아마 별호는 신주잠룡(神州潛龍) 정도가 붙을 것이고, 강호에 몸담고 있는 이들은 모조리 자네에 대해 관심을 가질 거야. 한마디로 유명인사가 되는 거지."

유명인사가 된다?

상상도 해본 적이 없지만 얼핏 생각해 보니 나쁠 것 같지는 않았다.

그렇게 유명해진다면 일춘이 놈이 어떤 눈으로 쳐다볼까?

이 와중에서도 그런 생각을 떠올리니 갑자기 즐거워졌다.

하지만 잠시 들떴던 마음은 이어진 허민규의 말을 듣자마자 순식간에 차갑게 식었다.

"그렇지만 강호에 영원한 비밀은 없는 법이야. 머지않아 자네가 마교와 관련이 있다는 소문이 돌겠지. 그때는 어떻게 될까?"

갑자기 오싹해지며 소름이 돋았다.

안타깝게도 마교에 대한 인식은 너무나 좋지 않았다.

더구나 사무진은 마교의 교주였다.

"하고 싶은 말이 뭐예요?"

"거래를 하지."

"거래요?"

"그래. 자네에게도 손해는 없을 거야."

희미한 웃음을 지은 채 이야기를 꺼내는 허민규를 보며 사무진은 왠지 불안해졌다.

第八章
금선탈각(金蟬脫殼)

荷蕸乳蒸煎棄陽細腸天福佑華于王岵

至大政元四月佛浴道吉廣為傳行蕓

日弟子趙孟頫敬書長壇前毋

老君演此真妙經竟正

共同
傳人
공동전인

살다 보면 그런 날이 찾아올 때가 있다.

죽기 전까지 절대 일어나지 않을 것이라 확신하고 있던 사건과 마주하게 되는 날이.

그리고 이런 사건이 눈앞에서 발생했을 경우 혹자는 그저 단순히 우연이라는 말로 쉽게 단정 지어버린다.

그에 반면 조금 세상을 살아온 시간이 긴 또 다른 혹자는 세상이란 조밀하게 얽혀 있는 수많은 사람들의 관계로 인해 끊임없이 사건이 발생하기 때문에 이런 사건이 일어난다고 해서 이상한 일도 아니라고 말한다.

두 이야기 중 어떤 것이 옳다고 단정하기는 어렵지만 확실한 것은 철무경이 누가 봐도 말도 안 되는 이런 사건을 하루 사이 두 차례나 경험했다는 것이다.

하나는 사도맹 서열 십위에 올라 있는 태사령 임무성이 죽은 것이었다.

물론 임무성이 무신이나 불사의 존재가 아닌 이상 죽는 것이 이상한 일은 아니었다.

하지만 그가 그보다 고수이거나 비슷한 수준의 무인과 싸우다 죽은 것이 아니라, 이름도 알려지지 않은 새파란 청년의 손에 죽었다는 것은 분명 대형 사건이었다.

'기인이사가 키운 제자인가?'

기절했다가 깨어나서 허민규에게서 처음으로 그 소식을 접한 후 철무경의 머릿속에 가장 먼저 든 생각이었다.

하지만 강호의 속설인 '세상에는 능력을 감추고 조용히 살아가는 기인이사가 모래알처럼 많다'는 말이 거짓이라는 것은 누구보다 철무경이 잘 알고 있었다.

능력을 감추고 은거한 채 조용히 살아가는 기인이사의 수는 생각보다 많지 않았다.

게다가 그리 많지도 않은 기인이사들은 만나기도 힘들뿐더러 성격도 괴팍하고 지랄 맞은 경우가 대부분이었다.

그런 기인이사의 제자로 들어가 진전을 이어받는 경우는 마른하늘 아래에 서 있다가 벼락 맞을 확률 정도밖에 되지 않았다.

하지만 부인할 수 없는 것은 사무진이 임무성을 죽였다는 사실.

결코 쉽게 수긍하기는 힘들었지만 사무진이 마른하늘에 벼락 맞을 확률을 뚫고 기인이사의 진전을 이어받은 것이라고 생각할 때였다.

그가 또 다른 기막힌 소식을 들은 것은.

사무진이 마교의 교주라고 했다.

새끼손가락을 들어 귀를 후볐다.

내상이 심해서 헛것을 들은 것은 아닌가 하고.

그런데 아니었다.

허민규는 사무진이 인정한 것을 자신의 귀로 직접 들었다고 강조했다.

그리고 철무경이 아는 허민규는 없는 말을 지어내는 자가 아니었다.

"틀림없는 사실인가?"

"그렇습니다."

"그렇다면 이것은 강호의 재앙이 아닌가? 그 끔찍한 마교가 다시 활개를 치는 것을 다시 봐야 한단 말인가?"

이 사실을 듣고도 가만히 있을 수 없다는 생각에 벌떡 몸을 일으키자마자 단전 어림에서 통증이 시작되었다.

그 통증이 심상치 않음을 느끼고 다시 드러누운 철무경이 심각한 표정으로 말했다.

"처단하세."

"누구를 처단하자는 말씀입니까?"

"누구긴 누군가. 마교의 교주라고 했던 그놈이지. 마교라는 재앙의 씨앗은 미리 제거해야만 하네."

침상에 드러누운 채 철무경이 열변을 토해냈지만 곁에서 듣고 있는 허민규의 반응은 시큰둥했다.

"누가 할까요?"

"그야 당연히 내가 해야겠지만… 내 상태가 이러니 자네가 해야겠군."

"사무진이라는 청년은 일대일로 싸워 태사령 임무성을 죽였습니다. 저는 아무래도 자신이 없습니다."

"하지만 자네……!"

그 시큰둥한 반응에 마음이 상한 듯 철무경이 소리를 질렀지만 허민규는 여전히 차분한 목소리로 되물었다.

"철 장주님은 마교와 원한이 있으십니까?"

"그야… 특별한 원한은 없네. 마교는 이미 삼십 년 전에 망했으니까."

"그런데 왜 그렇게 마교를 싫어하십니까?"

"그 이유야 자네도 잘 알고 있지 않나? 흉악하고 잔인한 마교의 무리에 의해 흘린 피가 얼마나 많은지는."

"그것은 저도 들어서 잘 알고 있습니다."

"그런데도 그런 질문을 던진단 말인가?"

"제가 드리고 싶었던 질문은 이것입니다. 사실 마교도도 피를 흘린 것은 마찬가지지 않습니까?"

다시 한 번 열변을 토해낼 준비를 하던 철무경이 허민규가 던진 의외의 질문에 당황한 듯 말문이 막혔다.

"그렇지만… 마교 놈들이 흘린 피와 우리가 흘린 피를 같다고 생각할 수 있는가?"

"피는 피일 뿐이지요."

"……."

"그들도 부모와 자식이 있는 자들입니다. 다를 것이 뭐가 있겠습니까? 그리고 조금 외람된 말씀이지만 저는 사무진이라는 그 친구가 마음에 듭니다."

"무슨 소리인가?"

"새 술은 새 부대에 담으라는 말이 있습니다. 사 소협이 재건하는 마교라면 이전의 마교와 다르지 않을까라는 생각이 듭니다."

"그건… 그래도 마교인데……."

철무경이 하려던 말을 끝내지 못하고 생각에 잠겼다.

허민규가 꺼낸 말이 말도 안 되는 소리라고 생각하면서도 한편으로는 왠지 모를 기대가 생겼다.

그 이유는 사무진을 직접 만나 보았기 때문이다.

어른을 공경할 줄 모르고 조금 건방지기는 해도 소문으로 들었던 역대의 마교 교주들처럼 나쁜 놈은 아닌 것 같았다.

'그놈이 새로 만들어가는 마교라면 어쩌면 다를 수도 있지 않을까?'

자신도 모르는 사이 떠올린 생각에 화들짝 놀란 철무경이 뭔가를 깨달은 듯 눈매가 가늘어졌다.

"자네 대체 무슨 꿍꿍이인가?"

"다른 뜻은 없습니다."

"……?"

"제 임무는 아가씨를 안전하게 맹으로 돌려보내는 것입니다."

"그래서?"

"그것을 위해서라면 저는 무엇이든지 할 수 있습니다."

이제는 본론으로 들어갈 때가 되었다고 생각해서인지 허민규가 철무경의 앞으로 하나의 서신을 내밀었다.

"이건 또 뭔가?"

"읽어보시면 압니다."

"흐음."

침음성과 함께 서신을 읽어 내려가던 철무경의 얼굴이 점점 붉어졌다.

쫘악!

그리고 도저히 참을 수 없다는 듯이 허민규가 내밀었던 서신을 찢어버렸다.

"자네 이게 대체 무슨 짓인가?"

"우선 진정하시지요."

"뭐야?"

"내상도 입으셨는데 흥분하는 것은 좋지 않습니다."

"이걸 보고 어찌 흥분하지 않을 수 있나?"

격분한 철무경에게서 고성이 터져 나왔지만 허민규는 당황하지 않고 품속으로 손을 집어넣었다.

그리고 품속에서 빠져나온 그의 손에는 또 한 장의 서신이 들려 있었다.

"혹시 이런 일이 있지 않을까 해서 미리 몇 장 준비했습니다."

"설마 자네… 진심인가?"

"장주님께서는 직인만 찍으시면 됩니다."

철무경이 한숨을 내쉬었다.

그리고 그 모습을 보던 허민규가 한마디를 더했다.

"그는 새로운 마교를 만들 것입니다."

"그래, 그럴지도 모르지. 그렇지만……."

"하지만 그는 마교를 재건하기 전에 죽을 가능성이 더 큽니다."

눈도 깜박하지 않고 허민규가 꺼내는 말을 들으며 철무경은 가슴이 서늘해지는 느낌을 받았다.

"왔군!"

침상에 드러누워 있던 철무경이 힘겹게 몸을 일으켰다.

"또 왜 불렀어요?"

그리고 날카로운 눈빛으로 사무진을 노려보며 입을 열었다.

"사실인가?"

"뭐가요?"

"자네가 마교의 교주라는 것 말일세."

"맞아요."

사무진은 순순히 시인했다.

그러자 기다렸다는 듯이 철무경이 눈을 치켜떴다.

"믿을 수가 없군."

"믿고 싶지 않으면 안 믿어도 상관없어요. 사실 나도 아직 실감이 안 나거든요."

"마교는 분명히 망했거늘."

"사실 망한 거나 다름없어요."

가볍게 대답하는 사무진을 물끄러미 바라보던 철무경이 내상으로 인해 창백하게 변한 얼굴로 잠시 망설였다.

묻고 싶은 것이 많아서 뭐부터 물어야 할지 모르겠다는 표정으로.

그리고 마침내 질문을 던졌다.

"마교를 재건할 생각인가?"

"그럴 생각이에요."

"역시 그렇군. 하지만 쉽지 않을 걸세."

사무진의 안색이 어두워졌다.

어느 정도는 예상하고 있는 문제였으니까.

이것저것 복잡하게 생각할 필요도 없었다.

다른 것을 다 젖혀두고 당장 무림맹만 하더라도 마교가 재건한다는 소식을 들으면 악을 쓰고 달려올 테니까.

그뿐이 아니었다.

천하에 악명이 자자했던 마교인 만큼 원한을 품은 자들이 어디 한둘일까?

모르긴 해도 만약 마교를 재건하겠다고 배첩이라도 돌린다면 강호인들의 절반 이상이 입에 거품을 물고 찾아올 것이 틀림없었다.

"그래서 나도 걱정이에요."

"하지만 의외로 쉬울 수도 있지."

"응?"

갑자기 귀가 솔깃해졌다.

그리고 관심이 있다는 듯 바라보고 있는 사무진의 눈빛을 확인한 철무경이 넌지시 입을 뗐다.

"자네 꽤 강하더군. 태사령 임무성을 죽인 것만 봐도 충분히 알 수 있지."

"그건 운이 좋았던 거예요."

"운이라……. 태사령 임무성은 겨우 운으로 이길 수 있는 자가 아닐세. 그리고 자네의 그 강함은 마교를 재건하는 것에 충분히 도움이 된다네."

확신이 담긴 철무경의 이야기.

가만히 듣고 보니 일리가 있었다.

마교와 웬만큼 원한이 있었던 자라 하더라도 마교의 교주인 사무진이 사도맹 서열 십위였던 임무성을 주먹도 아니고 손톱 하나로 죽였다는 소문이 퍼진다면 겁이 나서 함부로 달려들지 못할 터였다.

원래 케케묵은 원한보다는 하나뿐인 목숨이 더 소중한 법이니까.

"그럼 소문을 내야겠네요. 마교의 교주가 엄청 강하다고."

"소문이란 억지로 퍼뜨리려 한다고 해서 퍼지는 것이 아닐세. 그건 나를 보면 알 수 있지 않은가?"

철무경의 말을 듣던 사무진이 입을 삐죽였다.

"아무래도 소문이 과장된 것 같던데."

"그게 무슨 소린가?"

"임무성이라는 영감한테 힘도 한 번 못써보고 얻어맞던데."

"크흠! 어제는 몸이 안 좋았을 뿐이네."

사무진이 히죽 웃음을 지었다.

천하에 그 명성이 자자하다고 알려져 있는 열혈도제 철무경이 꺼낸 변명치고는 궁색해도 너무나 궁색해서.

지금 철무경이 꺼낸 변명은 그의 친구인 봉일춘이 자신과 누구의 오줌발이 더 센가 내기해서 지고 난 다음에 꺼내던 변명과 토시 하나 다르지 않고 똑같았다.

"그럼 어떻게 해야 하지? 어제 만났던 임무성이라는 영감보다 더 센 사람과 싸워서 이겨야 하나요?"

"이길 자신이 있는가?"

"솔직히 말해서… 없네요."

이건 사실이었다.

아까도 말했지만 임무성을 죽인 것은 운이 좋아서였다.

만약 극독이 묻은 손톱에 맞고도 쓰러지지 않았다면 다음 대책은 땅속으로 도망치는 것 외에는 없었다.

그마저도 가능했을지는 확신할 수 없지만.

"걱정하지 말게. 태사령 임무성 같은 고수를 만나는 것은 흔한 일이 아니네. 웬만한 자들은 평생을 강호 밥을 먹고 돌아다녀도 그런 고수를 만나보지 못하고 죽는 경우가 태반일세. 그리고 자네가 아직 강호 경험이 일천해서 잘 모르나 본데 자네가 임무성을 죽인 것은 일대 사건일세."

"괜히 무안해서 그러는 것은 아니죠?"

"그건 또 무슨 소리인가?"

"그러니까 어제 한 대도 못 때리고 얻어맞은 것 때문에 일부러 그 영감이 세다고 추켜세우는 것은 아닌가 해서요."

사무진의 날카로운 지적에 철무경이 일순 움찔하며 살짝 언성을 높여 강조했다.

"호각세였네!"

"거짓말."

"누가 묻거든 호각세라고 말해주게."

"맨입으로요?"

사무진은 계산이 빨랐다.

그리고 철무경은 체면과 명성을 중요시해야 하는 위치에 올라 있는 자였다.

"물론 선물이 있네."

"뭔데요?"

"받게."

금덩어리나 전표 다발 같은 것을 기대했던 사무진의 두 눈이 실망으로 물들었다.

철무경이 그의 앞으로 내민 것은 서신처럼 보이는 한 장의 종이였다.

"혹시 땅문서예요?"

맥이 빠진 채 철무경이 건넨 서신을 대충 훑어보던 사무진이 잠시 후 눈을 크게 치켜뜨고 다시 물었다.

"이거 진심이에요?"

"직인이 찍혀 있는 것을 보고도 의심하는가?"

"갑자기 왜 이래요?"

"그냥 자네가 마음에 들어서."

그 대답을 듣자마자 사무진이 흠칫하며 뒤로 물러났다.

철무경이라는 영감은 역시 수상했다.

자그마한 빈틈이라도 보여줘서는 안 됐다.

"이런다고 해서 내 마음이 변하지는 않아요."

"……?"

"다시 한 번 강조하지만 난 남자는 별로예요."

그제야 사무진이 꺼내고 있는 말의 의미를 깨달은 철무경의 볼 살이 푸들푸들 떨리기 시작했다.

당장에라도 자신의 직인이 찍힌 서신을 갈가리 찢어버리고 사무진을 쳐 죽이고 싶었지만 꾹꾹 눌러 참았다.

직인을 찍기 직전 허민규가 했던 말이 떠올라서.

"제 예상이 틀리지 않다면 사도맹은 이렇게 쉽게 포기하지 않을 겁니다. 임무성 못지않은 고수가 다시 등장할 가능성이 높습니다. 그리고 그때는 가연 아가씨를 지킬 수 없습니다. 제 의도는 금선탈각의 묘수입니다. 그리고 그 묘수가 먹히기만 한다면 아가씨를 구할 수 있습니다. 사무진이라는 그 친구에게는 조금 미안한 일이지만."

"자네가 해줄 것은 간단한 것이네."

"뭔데요?"

"자네가 가고 싶은 곳으로 가면 된다네."

"정말요?"

"어허, 속고만 살았나. 마차까지 제공해 줄 테니까 그냥 편하게 타고서 이곳을 떠나기만 하면 된다네."

"정말 그것만 하면 된다고요?"

"그럼. 어떤가? 어렵지 않지?"

철무경이 혀를 찼다. 아직 새파랗게 젊은 놈이 의심은 어찌나 많은지.

친절하게 설명을 해주었음에도 불구하고 서신만 뚫어져라 바라보던 사무진이 철무경의 앞으로 다시 서신을 내밀었다.

"왜 다시 주는가?"

"여기 찍힌 직인, 진짜 맞아요?"

"응?"

"도저히 못 믿겠어요. 그러니까 서명도 해주세요."

다시 한 번 혈압이 솟구쳤지만 해달라는 대로 서명까지 해주었다.

그리고 그제야 표정이 밝아진 사무진이 방을 떠나기 전 철무경이 마지막으로 물었다.

"자네, 가연이를 좋아하나?"

"그건 왜 물어요?"

"대답이나 하게."

"말이 많아서 조금 시끄럽기는 하지만 싫어하지는 않아요."

"그런가?"

"귀엽잖아요."

"그럼 부탁 하나만 더 하도록 하지. 잠시라도 가연이를 만나고 떠나게."

바보같이 웃고 있는 사무진이 고개를 끄덕이는 것을 바라보던 철무경이 당부하듯 한마디를 더 던졌다.

"그리고 다시 만날 수 있을지는 모르겠지만 몸조심하도록 하게."

어젯밤의 일로 인해서 충격이 컸던 것일까?

침상에 누운 채 이불을 가슴 어림까지 끌어안고 잠들어 있는 유가연의 얼굴은 악몽이라도 꾸는 듯 가볍게 찌푸려져 있었다.

사무진이 문을 열고 침상 곁으로 다가온 것도 눈치채지 못하고 잠들어 있는 유가연을 물끄러미 내려다보던 사무진이 손을 뻗었다.

식은땀으로 인해 젖어 있는 머리카락을 뒤로 넘겨주기 위해서.

"어, 누구? 꺄악!"

그제야 정신을 차린 유가연이 눈을 뜨자마자 소리를 질렀다.

"나야."

"괴물인 줄 알고 놀랐잖아요."

잠깐 시간이 흐르고서야 사무진을 알아보고 안정을 되찾은 유가연이 삐죽 입술을 내밀다가 황급히 이불을 끌어당겼다.

"왜 그래?"

"이상한 짓 한 것은 아니죠?"

"무슨 생각 하는 거야? 가슴도 작은 주제에."

"가슴이 작다니 내 가슴이 얼마나 큰데."

"작던데?"

"어머, 내 가슴이 작은 것을 아는 것 보니까 내가 잠들어 있는 사이에 만져 봤구나? 변태 아저씨."

매섭게 노려보고 있는 유가연을 어이없다는 듯이 사무진이 바라보다 손을 뻗어 머리를 쓰다듬었다.

그리고 금방이라도 소리를 지를 것처럼 난리법석이던 유가연은 의외로 그 손길을 피하지 않았다.

"눈썹 없는 아저씨!"

"왜?"

"우리 결혼할래요?"

"쿨럭쿨럭!"

사래가 걸렸다.

눈물까지 흘리며 콜록거리고 있는 사무진을 바라보던 유가연이 방긋 웃으며 한마디를 더 했다.

"그렇게 좋아요? 눈물까지 흘릴 만큼?"

"……."

마땅히 할 대답을 찾지 못하고 조용히 앉아 있는 사무진을 뚫어져라 바라보면서 유가연이 말을 이어 나갔다.

"아니, 아무래도 그건 내가 손해인 것 같다."

가타부타 아무 말도 하지 않았는데 혼자서 결혼하자는 말을 꺼냈다가 아무래도 손해를 보는 것 같다며 얼굴을 찌푸리는 유가연을 향해 사무진도 지지 않고 입을 뗐다.

"가슴이 작아서 나도 싫어."

"진짜?"

"진짜지."

"그럼 일 년만 기다려 봐. 아빠한테 물어서 가슴이 커지는 무공을 익힐게. 그때는 군말없이 결혼하는 거야?"

커다란 두 눈을 초롱초롱 빛내고 있는 유가연을 바라보다 사무진이 실소를 터뜨렸다.

"아까는 손해라더니?"

"아무래도 눈썹 없는 아저씨가 불쌍해서. 내가 좀 착하거든. 눈썹도 없는 아저씨를 누가 좋아해 주겠어?"

"고마워서 눈물이 다 나려고 그런다."

"뭐, 그렇다고 눈물까지 흘릴 것은 없어. 사실 나, 친구가 하나도 없거든. 그래서 심심했는데 아저씨랑 같이 있으면 재미있을 것 같아서 그러는 거니까."

"같이 있으면 재미있을 것 같다고 다 결혼하는 것은 아니다."

"사실 아저씨가 조금 좋기도 해."

두 뺨을 붉게 물들인 채 말을 하다가 고개를 떨어뜨리는 유가연을 바라보던 사무진이 다시 한 번 손을 뻗어 유가연의 머리를 쓰다듬었다.

"그리고 아저씨가 머리를 쓰다듬어 주는 것도 기분이 좋아."

요즘 애들은 다 이런 걸까, 아니면 얘가 특이한 걸까.

감정 표현에 너무나 솔직한 유가연을 조금은 당황스런 눈빛으로 바라보던 사무진이 슬며시 웃음을 머금었다.

기분이 좋아졌다.

그리고 싫지 않았다.

유가연이 초롱초롱한 두 눈을 빛내며 웃는 모습을 보다 보면 괜히 마음이 편해졌으니까.

하지만 현실의 벽은 너무나 높았다.

사무진은 마교의 교주.

그리고 유가연은 무림맹주의 하나밖에 없는 외동딸.

뭐랄까?

이건 이루어질 수 없는 관계였다.

모르긴 해도 정마대전이 발생해서 강호에 피바람이 불지 않을까.

아니, 정마대전은 지나친 망상이었다.

가뜩이나 다 망해가는 마교가 정말 완전히 망해 버릴 것이 틀림없었다.

"사랑은 이루어지지 않을 때 더 아름다운……."

봉일춘이 짝사랑에 실패하고 술잔을 기울일 때마다 울면서 꺼내던 이야기를 그대로 사용하던 사무진이 도중에 말을 멈추었다.

쪽.

뺨에 기습적으로 뽀뽀를 하는 유가연으로 인해.

"아저씨는 봉 잡은 거야."

봉인지 닭인지는 아직 확실히 몰랐다.

다만 부끄러운 듯 고개를 푹 숙이고 있는 유가연을 바라보던 사무진이 멍하니 한마디를 되뇌었다.

'이러다가 진짜 정마대전이 일어나는 거 아냐?'

결국 유가연에게 아무 말도 하지 못했다.

부끄러워서인지 뺨을 붉게 물들인 채 온몸을 배배 꼬고 있는 유가연의 앞에서 마교의 교주라는 말을 꺼낼 수는 없었다.

"나 어디 좀 갈 거야."

"어디 갈 건데?"

"이래 봬도 나 바쁜 사람이야."

가뜩이나 큰 눈을 동그랗게 뜨고서 되묻는 유가연을 향해 사무진이 웃으며 대답했다.

"언제 올 건데?"

"시간이 좀 걸릴 거야."

"그럼 볼일 보고 우리 집으로 와."

유가연이 말하는 우리 집은 무림맹이었다.

마교의 교주인 사무진으로서는 아무래도 어울리지 않는 곳.

그래서 물었다.

"가도 될까?"

"그럼."

"맞아죽을 것 같은데?"

"우리 아빠가 그렇게 무서운 사람은 아니야. 그러니까 꼭 와."

"……."

"기다릴게."

"알았다."

마지막으로 머리를 한 번 쓰다듬어 주고 밖으로 나와 마차에 올랐다.

굳게 닫혀 있던 마성장의 정문이 열리고 사무진이 탄 마차가 빠져나왔다.

불과 하루 전 유가연 일행과 함께 타고 왔던 마차.

그러나 어제와 다른 것은 오늘 이 마차에 타고 있는 것은 사무진 혼자뿐이라는 것이었다.

홍연민이 마부석에 앉아서 마차를 끌고 있었고, 사무진은 흔들리는 마차 안에서 철무경이 건네주었던 한 장의 서신을 꺼내 다시 읽었다.

서신에 적힌 내용은 분명 의외였다.

열혈도제 철무경의 이름을 걸고서 마교의 재건을 인정하고 가능한 한도 내에서 도움을 주겠다는 내용이었다.

직인뿐만 아니라 서명까지 직접 받아두었으니 의심의 여

지도 없었다.

이게 웬 횡재인가 싶었다.

마교를 재건하는 과정에서 가장 골머리를 썩게 될 것이 무림맹이나 정파의 문파들이 가만있지 않을 것이라는 예상 때문이었는데 의외로 너무나 쉽게 해결되었다.

"자네가 이번 일만 해준다면 맹주님의 이름으로 정식으로 강호에 선포해 주겠네, 마교의 재건을. 물론 자네가 원하는 대로 내수하도 넘겨주겠네. 죽이든 살리든 그건 자네 마음대로 해도 되네. 아, 그렇게 의심하지는 말게. 자네가 할 일은 아주 간단한 일이야. 어제 자네가 타고 왔던 마차를 타고서 가고 싶은 곳으로 가면 된다네. 단지 그것뿐이지."

게다가 이게 다가 아니었다.

허민규가 꺼낸 제안.

거절하기에는 너무나 파격적이었다.

그래서 왠지 찜찜했다.

호사다마라고 했으니까.

그리고 그 찜찜하던 기분은 얼마 지나지 않아 현실로 닥쳐왔다.

덜컹!

잘 달리던 마차가 갑자기 멈추어 섰다.

그리고 마부석에 앉아 있던 홍연민이 마차의 문을 열고서 냉큼 안으로 들어왔다.

"추워요?"

"아니."

"그럼 왜 들어와요?"

"누가 길을 막고 있어서."

"그럼 가서 비켜달라고 해야죠."

"그게 좀 곤란해. 내가 아는 사람이라서 말이지. 저 사람 성격이 좀 더럽거든."

"누군데요?"

"생사판 염혼경! 사도맹 서열 팔위에 올라 있는 엄청난 고수지."

마차 밖으로 나갈 엄두도 내지 못하고 겁에 질린 채 벌벌 떨고 있는 홍연민을 한심하게 바라보다 사무진이 마차에서 내렸다.

그리고 추워서 그런지 코끝이 빨갛게 변한 오 척 단신의 노인이 관도를 막고 서 있는 것을 보자마자 깨달았다.

역시 세상에 공짜는 없다는 것을.

사도맹 서열 팔위!

사도맹 내에서 그가 차지하고 있는 서열과 생과 사를 결정하는 판관이라는 광오한 별호만으로도 염혼경의 강함을 설명하기에는 충분했다.

그리고 그저 관도를 막고 서 있는 것뿐임에도 불구하고 염혼경이 뿜어내고 있는 압도적인 기세에 놀란 말들이 거칠게 투레질을 하며 매어져 있는 마차에서 벗어나기 위해 발광하고 있었다.

"길 좀 비켜줄래요?"

물론 사무진은 예외였지만.

"아직 대낮인데 벌써 술 마셨어요?"

마치 술을 마신 사람처럼 빨갛게 물들어 있는 염혼경의 코끝을 신기한 듯 바라보다 태연하게 질문을 던졌다.

"이 겁대가리를 상실한 어린놈은 뭐지?"

그런 사무진을 슬쩍 훑어본 후 염혼경이 허공에 던진 질문이 끝나자마자 흑의 복면을 쓴 사내가 허공에서 떨어져 내린 후 그의 앞에 부복했다.

"이름은 사무진, 독괴 하연신을 죽인 자입니다."

흑의복면인의 짤막한 보고가 끝나자 염혼경의 눈에 이채가 스치고 지나갔다.

그리고 조금 의외라는 듯 탐색하는 눈초리로 사무진을 다시 한 번 훑어본 후 평가를 내렸다.

"멍청한 놈이군."

"뭐요?"

처음 보는 사이에 너무 박한 평가를 내리는 염혼경에게 사무진이 울컥해서 소리쳤지만 멍청하다는 그의 평가는 하연신에게 내린 것이었다.

"독괴라는 별호가 아까워. 저런 어린놈의 손에 죽다니."

염혼경의 시선이 차갑게 변했다.

그리고 그는 성격이 급한 자였다.

이미 사무진에 대한 관심이 사라진 염혼경이 뒷짐을 지고 있던 손을 풀어 귀찮다는 듯이 휘둘렀다.

퍼엉!

밀려드는 무형의 장력.

파리라도 쫓듯이 휘두른 염혼경의 오른손에서 뿜어진 장력과 마차가 부딪치며 폭음이 터져 나왔다.

그와 동시에 조금 전까지 사무진이 타고 있던 마차가 들썩였다.

그나마 사천당가 최고의 장인이라 불리는 삼수신타 당철기가 특별히 제조한 마차이기에 박살이 나지는 않았지만, 마차를 통째로 들썩이게 만든 것만으로 염혼경이 날린 일장에 실린 위력을 능히 가늠할 수 있었다.

하지만 정작 엄청난 위력이 담긴 일장을 날렸던 주인공인 염혼경은 뭔가 마음에 들지 않는 듯 인상을 찌푸리고 있었다.

그리고 고개를 갸웃했다.

"피했다?"

"맞을 뻔했어요."

염혼경 못지않게 인상을 쓴 채로 사무진이 대답했다.

"예고도 없이 그렇게 공격하는 법이 어디 있어요? 교양없이."

"교양이 없다?"

"낮술 마시고 취했어요?"

"정말 겁대가리를 상실한 놈이로구나."

염혼경의 눈썹이 역팔 자를 그렸다.

그와 동시에 작심한 듯 거칠게 양팔을 휘둘렀다.

연속으로 쏘아내는 장력.

퍼엉! 퍼엉!

처음 몇 번의 장력은 사무진이 어떻게 피해냈지만 그것은 함정이었다.

'젠장, 이건 피할 수 없다!'

통감에 의지해 이리저리 움직이며 간신히 장력을 피해내던 사무진은 점점 발이 꼬이는 것을 느끼며 입술을 깨물었다.

팔을 십자로 교차시켜 충격에 대비했지만 염혼경이 날린 장력에 실린 힘은 엄청났다.

장력에 제대로 격중당한 사무진의 신형이 장력에 실려 있는 힘을 감당하지 못하고 뒤로 날아갔다.

퍽!

마차에 부딪치고 난 후 바닥으로 떨어진 사무진의 입가로 새어 나온 붉은 선혈이 메마른 바닥을 적셨다.

그리고 그것으로 끝났다고 생각한 듯 염혼경은 더 이상 바닥에 쓰러진 사무진에게 관심을 두지 않고 마차 쪽으로 거침없이 걸음을 옮겼다.

"이쯤 되면 나오는 것이 좋지 않은가?"

"……."

"흥, 겁 많은 쥐새끼들만 모여 있는가 보군."

아무런 대답이 돌아오지 않자 염혼경이 코웃음을 치며 다시 일장을 휘둘렀다.

퍼엉!

폭음과 함께 마차의 문이 통째로 떨어져 나갔다.

"어이쿠야!"

그리고 마차 안에는 놀라서 비명을 지르고 있는 홍연민밖에 없다는 것을 확인한 염혼경의 얼굴이 굳어질 때, 사무진이 악을 쓰며 소리쳤다.

"날아라!"

생사판 염혼경이 날린 일장에 적중당하는 순간, 가슴이 답답해졌다.

자신의 의지와 전혀 상관 없이 입 밖으로 분수처럼 뿜어져 나오는 선혈을 바라보며 혈마옥을 나온 후 처음으로 죽음을 생각했다.

그리고 그제야 깨달았다.

허민규나 철무경이 했던 말처럼 간단한 일이 아니라는 것을.

그러고 보니 처음이었다.

이만한 실력이 있는 고수와 처음부터 제대로 부딪친 것은.

게다가 성격도 급하고 지랄 맞은 노인이었다.

사무진은 어떻게든 싸움이 아니라 대화로 풀어보려고 했는데 그 틈도 주지 않고 마구 장력을 날렸다.

잘못하면 정말 죽을지도 모르겠다는 생각이 들자마자 입가를 타고 흐르는 선혈을 닦을 엄두도 내지 못하고 필사적으로 떠올렸다.

혈마옥 안에서 희대의 살인마들에게 배운 것들 중 어떤 것이 이 상황을 타개하는 데 도움이 될까에 대해서.

그리고 사무진의 머릿속에 가장 먼저 떠오른 것은 독마에게 배운 '독 묻은 손톱 날리기', 아니, 독수비공이었다.

내력을 일으키자마자 단전에서 통증이 일어났다.

하지만 이를 악물고 억지로 참아내며 순서대로 내력을 운용했다.

다행히 염혼경은 다른 것에 신경 쓰느라 공격을 준비하고 있는 사무진에게는 전혀 신경 쓰지 못하고 있었다.

"날아라!"

내력 운용을 모두 마치자 들키지 않도록 은밀하게 왼손을 염혼경에게 내밀었다.

그리고 악을 쓰며 외쳤다.

하지만 빗나갔다.

태사령 임무성은 피하지 못했지만 염혼경은 어이가 없을 정도로 간단히 사무진의 손톱을 피해냈다.

"독수비공?"

그런 그의 눈에 이채가 떠오르는 것을 보며 사무진은 한숨을 내쉬었다.

필살기라고 생각했던 비장의 한 수가 빗나가자 아쉬움이 밀려들어서.

그렇지만 실망하고 포기하기에는 일렀다.

희대의 살인마들에게 배운 것은 아직 몇 가지나 남아 있었다.

품속에 손을 넣어 숟가락을 움켜쥐었다.

그리고 그런 사무진이 주저하지 않고 신형을 기습적으로 퉁겼다.

염혼경과 떨어진 거리는 불과 일 장.

순식간에 거리를 좁힌 후 숟가락을 휘둘렀다.

군더더기라고는 찾아볼 수 없는 깔끔한 공격.

그러나 사무진이 휘두른 숟가락은 이번에도 염혼경의 옷자락만을 스치고 지나갔을 뿐이다.

그 공격이 빗나간 것을 깨닫자마자 숟가락을 다시 횡으로 휘둘렀지만 이미 대비하고 있었던 염혼경은 여유있게 숟가락을 피해냈다

"마도파검(魔道破劍)?"

다시 한 번 이채가 스치고 지나가는 염혼경의 눈빛.

그러나 대답할 여유도 없었다.

퍼엉.

염혼경이 왼손으로 뻗어낸 일장에 제대로 적중당한 사무진은 정신없이 뒤로 밀려나기에도 바빴다.

"하아!"

다리에 힘이 풀렸다.

목구멍을 타고 올라오는 울혈을 억지로 삼키려 했지만 어느새 입 밖으로 선혈이 흘러나오고 있었다.

"금선탈각이라······. 속았군요."

일어날 힘이 없어 무릎을 꿇은 채 앉아 있는 사무진의 눈에 젊은 사내가 걸어나오는 것이 보였다.

그리고 그 젊은 사내가 사무진의 앞으로 걸어왔다.

"무림맹의 개인가?"

비웃음을 띤 얼굴로 다가온 젊은 사내의 오른발이 사무진의 가슴을 걷어찼다.

"쿨럭."

볼썽사납게 바닥을 뒹굴었다.

바닥의 흙이 밀려나며 얼굴이 긁혔다.

억지로라도 몸을 일으켜 보려 했지만 머리를 짓밟고 있는 젊은 사내의 발에 실린 힘으로 인해서 뜻대로 되지 않았다.

"이공자, 결국 헛걸음을 했군."

"죄송합니다."

"어쩔 수 없지."

"이런 간단한 속임수에 넘어갔으니 제 불찰입니다. 이미 늦은 듯하니 그만 맹으로 돌아가는 것이 좋을 듯합니다."

짤막하게 이어지는 염혼경과 이공자로 불리는 젊은 사내의 대화.

그리고 두 사람의 대화의 초점은 곧 사무진에게로 옮겨졌다.

"독마의 독문 무공인 독수비공에 이어 검마의 독문 무공인 마도파검까지. 무림맹의 개는 아닌 듯싶군."

"그렇다면?"

"마교의 장로들 진전을 이어받은 자가 아닐까 하는 생각이 드는군. 물론 제대로 이어받은 것은 아닌 듯하지만."

"그래요? 조금 흥미가 생기는군요."

젊은 사내가 관심을 드러냈다.

여전히 사무진의 머리를 오른발로 짓누른 채 사내가 품 밖으로 조금 삐져나와 있던 서찰을 꺼냈다.

"안… 돼!"

"왜? 대단한 내용이 적힌 밀서라도 되나?"

"그건… 안 돼!"

"호오, 그러니까 더욱 궁금해지는데?"

사무진이 소리쳤지만 젊은 사내는 사무진의 머리를 누르고 있던 발에 힘을 더하며 서신을 펼쳐 읽어 내려가기 시작했다.

그리고 그 서신을 모두 읽은 사내의 얼굴에 비웃음이 떠올랐다.

"돌려… 줘."

사무진이 간신히 하는 말을 사내가 어디 뺏을 수 있으면 뺏어보라는 듯 머리를 짓누르고 있던 발을 뗐다.

그리고 악착같이 몸을 일으키고 있는 사무진을 가만히 지켜보던 젊은 사내가 다시 한 번 가슴을 걷어찼다.

아예 바닥에 드러누워 버린 사무진의 곁으로 다가간 젊은 사내가 쭈그리고 앉은 채 내려다보며 코웃음을 쳤다.

"마교 장로들의 진전을 이어받았다는 것이 사실인가?"

"……."

"아무래도 염 장로님께서 잘못 보신 것 같습니다. 제가 보기에는 그저 무림맹의 개로밖에 보이지 않습니다. 무공 수위가 입신지경에 이르렀다던 마교 장로들의 진전을 이어받은 자가 이렇게 터무니없이 약할 리가 없지 않습니까?"

입 안에 피가 고였다.

그리고 화가 났지만 사무진이 할 수 있는 것은 아무것도 없었다.

퍼억!

다시 한 번 가슴을 걷어차이고 몇 바퀴를 굴렀다.

순간적으로 숨이 막힐 정도의 극통이 밀려왔다.

그 순간 희대의 살인마들의 얼굴이 떠올랐다.

그와 동시에 처음으로 원망하는 마음이 생겼다.

더 강하게 만들어주었어야 했다.

사무진이 바라던 대로 일검을 휘둘러 바다를 반으로 가르고 떨어지는 눈송이를 모조리 꿰뚫을 수 있을 정도로.

그래서 이따위 놈에게 이런 수모를 겪지 않게 해줬어야 했다.

적어도 그 정도로 강하게 만들어주고 마교 재건을 하라고 부탁했었어야 했다.

'젠… 장.'

가슴속에서 알 수 없는 한 가닥 열기가 치달아 오르기 시작했다.

그리고 그 열기의 정체는 마기였다.

사무진의 가슴속 깊숙이 자리 잡은 채 움직이지 않던 마기가 맹렬하게 날뛰기 시작하며 감당할 수 없는 분노가 치솟기 시작했다.

"내… 가……."

"호오, 아직 죽지 않았군."

"마교의… 교주다!"

억지로 몸을 일으켰다.

무릎을 꿇고 싶지도, 고개를 숙이고 싶지도 않았다.

누가 뭐래도 사무진은 마교의 교주였으니까.

그러나 힘겹게 몸을 일으키자마자 다시 한 번 바닥에 처박혔다.

그리고 젊은 사내는 사무진의 가슴을 발로 짓누른 채 입을 열었다.

"너 따위 놈이 마교의 교주라니, 마교는… 정말 끝났군!'"

"마교는 망하지 않았다. 때를 기다리며 숨죽이고 있을 뿐이다. 네가 우리 대신 마교를 재건시켜라."

조롱하듯 던지는 그 말을 듣는 순간, 뇌마 노인이 하던 말이 떠올랐다.

그리고 간절하던 그 눈빛도.

"내가… 마교의 교주다."

팔을 뻗어 가슴을 짓누르고 있는 젊은 사내의 발을 힘껏 밀어내려 했다.

하지만 꿈쩍도 하지 않았다.

'이게 아닌데……'

마교를 이야기하던 뇌마 노인에게는 자부심이 있었다.

그리고 틈만 나면 '천마불사'를 외치던 심 노인도 마찬가지였다.

그런 그들이 지금 자신의 모습을 본다면 어떤 심정일까?

"마교의 교주는 입만으로 떠드는 자리가 아니지. 강하지 않은 마교의 교주는 쓰레기에 불과해."

"……."

"고작 너따위 놈이 마교의 교주라면 마교의 시대는 영원히 오지 않는다."

가슴을 누르고 있던 발이 사라져서 숨을 들이키는 순간, 또 한 번 강한 충격이 가슴팍에 전해졌다.

"하아! 하아!"

바닥에 드러누운 채 간신히 숨만 몰아쉬고 있던 사무진에게 젊은 사내가 갈가리 찢어놓은 서신이 떨어져 내렸다.

"설마 모르지는 않겠지?"

"……."

"마성장의 장주인 철무경이 이렇게 될 것을 몰랐을 것 같나? 다 알면서도 네게 이 역할을 맡긴 것이 무엇을 의미할까?"

"……?"

"아직도 모르겠나? 그들은 널 미끼로 쓰고 버린 거야."

"……."

"무공이 강한 것도 아니고, 그렇다고 똑똑한 것도 아니고. 정말 쓰레기에 불과하군. 죽어도 억울할 것이 없겠어."

콰직!

내력이 실린 젊은 사내의 발이 사무진의 가슴을 거칠게 짓밟았다.

온몸이 산산이 부서져 나가는 듯한 끔찍한 통증.

그러나 그 끔찍한 통증보다 더 사무진의 마음을 아프게 만든 것은 젊은 사내가 꺼낸 말이었다.

"이런 쓰레기 때문에 헛걸음을 하시게 만들어서 죄송합니다."

정신이 혼미한 상황에서 마지막으로 그 말이 들렸다.

그리고 사무진은 정신을 잃었다.

화가 치밀었다.

그다지 강해 보이지도 않던 오 척 단신의 노인.

그러나 사무진은 아무것도 해보지 못하고 철저하게 무너졌다.

변명의 여지도 없이.

그리고 그것이 다가 아니었다.

느지막이 나타난 젊은 놈은 사무진뿐만 아니라 마교까지 짓밟았다.

혈마옥 안에 갇혀 있던 희대의 살인마들과 심 노인이 그토록 자부심을 가지고 있는 마교 전체를.

─얼른 일어나지 못해!

지금 거기서 뭘 하느냐고 소리치고 있었다.

어서 일어나라고 소리치고 있었다.

대롱까지 입에 물고서 당장 일어나서 이 치욕을 갚고 마교를 재건하라고 뇌마 노인이 소리치고 있었다.

그래, 그럴 생각이었다.

뇌마 노인이 대롱까지 입에 물고서 그렇게 눈을 부라리며 협박하지 않아도 일어날 생각이었다.

이렇게 끝나는 것은 너무나 억울하니까.

두 눈에 힘을 주었다.

그리고 사무진이 무겁기 그지없는 눈꺼풀을 들어 올렸다.

『공동전인』 3권에 계속…

The LORD

성진 게임 판타지 소설

더 로드

간절한 갈망은 기적을 만들고
기적은 결코 만들어질 수 없는
연결 고리를 만든다.

그렇게 이어진 연결 고리.
그것은 새로운 시작이었다.

자, 일인군단(一人軍團)의
독보천하(獨步天下)가 지금부터 시작된다.

유행이 아닌 자유추구 -
WWW.chungeoram.com

Book Publishing CHUNGEORAM

閻王眞武
염왕진무

김석진 新무협 판타지 소설

"그, 그럼 어디서 오셨습니까?"
무심하게 고개를 돌리며 진무가 속삭이듯 말했다.

……지옥에서.

인간이라면 절대 익힐 수 없다는 강호삼대불가득!
그것에 얽힌 비사를 풀기 위해 그가 강호로 나섰다!
피처럼 붉은 무적의 강기, 혼돈혈애를 전신에 두르고
수라격체술과 염왕보로 천하를 질타하는 쾌남아, 진무!
염왕의 진실한 무학을 발현하여 무림삼패세와 고금십대천병을
이겨내고 속세의 악업을 심판하는 진정한 염왕이 되어라!

이제 강호는 진무의
일거수일투족에 열광한다!

유행이 아닌 자유추구 -
WWW. chungeoram.com
Book Publishing CHUNGEORAM

은하의 계곡

무천향
武天鄉

허담 新무협 판타지 소설

뿌리를 찾아가는 목동 파소의 여행.
그 여정의 끝에서
검 든 자들의 고향 대무천향 (大武天鄉)을 만난다.

검객 단보, 그는 노래했다.

…모든 검 든 자들의 고향 무천향.
한 초식의 검에 잠든 용이 깨어나고, 또 한 초식의 검에 잠든 바다가 일어나네.
검의 흐름을 따라가다 보면 어느새, 세월도 잊어버리고, 사랑도 잊어버리고,
무공도 잊어버려…….
결국에는 자신조차 잊어버리는…….

은하의 가장 밝은 빛이 되어버린다는
그 무성(武星)들의 대지(大地).

아, 대무천향(大武天鄉)이여!

유행이 아닌 자유추구 -
WWW.chungeoram.com
Book Publishing CHUNGEORAM

閻王眞武
염왕진무

김석진 新무협 판타지 소설

"그, 그럼 어디서 오셨습니까?"
무심하게 고개를 돌리며 진무가, 속삭이듯 말했다.

……지옥에서.

인간이라면 절대 익힐 수 없다는 강호삼대불가득!
그것에 얽힌 비사를 풀기 위해 그가 강호로 나섰다!
피처럼 붉은 무적의 강기, 혼돈혈애를 전신에 두르고
수라격체술과 염왕보로 천하를 질타하는 쾌남아, 진무!
염왕의 진실한 무학을 발현하여 무림살패세와 고금십대천병을
이겨내고 속세의 악업을 심판하는 진정한 염왕이 되어라!

이제 강호는 진무의
일거수일투족에 열광한다!

유행이 아닌 자유추구-
WWW.chungeoram.com
Book Publishing CHUNGEORAM

신일룡
新무협 판타지 소설

풍신유사

...를 구성하는
...의 기운이 있었다.

그것은 빛[光], 땅[地], 그리고 물[水]이었다.
이것들이 서로 조화되어 만휘군상(萬彙群象)을 이루었다.
그리고 이들 사이에서 또 하나의 기운이 탄생했으니.

그것은 바로 바람[風]이었다.

'풍령문' 제삼십구대 전인 관우.
제세(濟世)의 사명을 위한 길이 그의 앞에 펼쳐졌다.

"사람이 어찌 하늘의 뜻을 다 알 수 있을꼬?"

바람에 미쳐 바람이 된 자.
사람이되 신이 되어버린 자.
하늘의 뜻을 좇아 하늘을 거역한 자.

이것은 그에 관한 '남겨진 이야기[遺事]' 다.

유행이 아닌 자유추구 -
WWW.chungeoram.com
Book Publishing CHUNGEORAM

유행이 아닌 자유추구 -
WWW.chungeoram.com
Book Publishing CHUNGEORAM

絶代君臨
절대군림

장영훈 新무협 판타지 소설

문피아 골든베스트 1위, 선호작 베스트 1위

「보표무적」, 「일도양단」, 「마도쟁패」에 이은 장영훈의 네 번째 강호이야기.

절대군림

"왜 나를 선택했지?"
"당신은 좋은 어른이니까."

호북 제패를 시작으로 적이건의 강호 제패가 시작된다.

"비록 아버지의 강호가 옳다 해도, 난 어머니의 강호에서 살 거야.
아버지의 강호는 너무… 고리타분하거든."

왼손에는 군자검을, 오른손에는 지옥도를 든 천하제일 과일상 행운유수의 장남 적이건.
그의 유쾌하고 신나는 강호제패기

"문파를 세울 거야. 이 강호에서 가장 강하고 멋진."